XIAOBOSHIXUETANG
小博士学堂

神话故事99篇

陶本一 主编

上海辞书出版社

SHENHUAGUSHIJIUSHIJIUPIAN

图书在版编目（CIP）数据

神话故事99篇／陶本一主编．—上海：上海辞书出版社，2016.5
（小博士学堂）
ISBN 978-7-5326-4444-5

Ⅰ．①神… Ⅱ．①陶… Ⅲ．①神话—作品集—世界
Ⅳ．①I17

中国版本图书馆CIP数据核字(2015)第165888号

小博士学堂

神 话 故 事 99 篇

陶本一　主　编
撰　　稿／汪惠民　责任编辑／张玉霞　助理编辑／蔡端倪
责任校对／郑浩珺　封面设计／萧　柏

上海世纪出版股份有限公司
辞书出版社出版
200040　上海市陕西北路457号　www.cishu.com.cn　021-62472088
上海世纪出版股份有限公司发行中心发行
200001　上海市福建中路193号　www.ewen.co
浙江省临安曙光印务有限公司印刷

开本720毫米×1000毫米 1/16　印张6.5　字数51 000
2016年5月第1版　2016年5月第1次印刷

ISBN 978-7-5326-4444-5/I·274
定价：30.00元

目录 contents

盘古开天辟地

在很久很久以前，天和地还没有分开，宇宙也只是混混沌（dùn）沌的一团，就好像一只鸡蛋似的。“蛋”中有个盘古，正在呼呼地睡大觉呢！

过了一万八千年，盘古突然醒了。他睁开眼一瞧，却什么也看不清，只觉得黑暗中粘糊糊的一片。盘古发怒了，他使出浑身的劲儿奋力一挣，只听见“咔嚓”一声巨响，“鸡蛋”猛然间破裂了！一股清白色的气体仿佛烟雾一般，冉（rǎn）冉地升起，变成清澈（chè）的蓝天；那些重浊的物质，则慢慢地下沉，凝结成了厚实的大地。天和地终于分开了。

盘古担心天地会再一次合拢，世界又重新回到黑暗中去。为了子孙后代永远的幸福，盘古脚踏着大地，用坚强有力的大手托举着蓝天。他就这样屹（yì）立在天地的中间。天空每天升高一丈，大地每天增厚一丈，盘古的身体也每天随着天地的变化而增长……

就这样，又过了一万八千年，天空上升得更高了，大地变得更厚了，盘古的身体也变得更长了——大约有九万里高吧。天和地再也不会合拢了，盘古终于完成了这开天辟地的壮举！

《太平御览》

女娲造人

自从盘古开天辟地，创造了世界之后，大地上便长满了奇花异草，还生活着各种珍禽异兽。可是，不知怎么，世界总显得有些寂寞。

一天，天神女娲（wā）正无聊地在冷清的大地上行走，也许是口渴了，她便蹲在路旁的水池边喝水。清澈的池水，清晰（xī）地映照出她秀丽的脸庞。女娲猛然间心中一动，有了一个绝妙的主意。

她兴奋地挖起池边的黄泥，掺上池水，搅拌均匀，揉成一团；再按照水中自己的身影容貌，仔仔细细地做成一个个小泥人。也许因为是神仙做的，生来就具有灵性吧，那小泥人刚一放到地上，就会呱呱地欢叫，活蹦乱跳地围绕在女娲的身边，仿佛庆祝着自己的新生。

女娲兴奋地看着她亲手创造的身材优美的“小东西”，她把他们叫作“人”。于是女娲继续勤奋地揉啊捏啊，不多一会儿，世界上便布满了可爱的“小泥人”。

自从女娲创造了这些智慧聪颖（yǐng）的人，世界便充满了欢声笑语，变得更加生机勃勃了。

《风俗通义》

女娲补天

有一年，不知为了什么事，天上的两位神仙突然打起架来了。

这两位神仙，一位是火神祝融（róng），另一位是水神共工。俗话说：水火不相容。这场仗打得非常激烈。火神的一把大火，烧得共工的部下焦头烂额。共工一怒之下，一头撞向了西方的不周山。

这一撞可不得了！原来，不周山是支撑天空的柱子，这一下子被共工撞断了，于是，天塌了下来，露出一个大窟窿，洪水泛滥（làn），猛兽横行，人们呼天喊地，痛苦万分。天神女娲为了人类的幸福，毅（yì）然担负起补天的重任。

女娲先收集了许多五颜六色的小石子，用猛火将它们熔炼成胶状的物体，然后仔细地把它们修补在崩塌的天空上。为防止天空再次塌下来，女娲又捉来一只大龟，斩下它的四只脚支撑天空。从此以后，天空再也不会倒塌了。

补好了天，女娲又将芦苇烧成灰，堆积起来，不断地倒入水中，终于塞住了滔天的洪水，使人类能够安居乐业。

可是，经过女娲修补的天空，却再也没能恢复到原先的样子，而是微微地向西边倾斜（因为不周山位于西北方向），所以太阳、月亮和星辰总是匆匆地落向西天；东南的大地塌陷，所以江河湖泊的水总是流向东南，最后汇集到大海……

《史记·三皇本纪》《淮南子》

愚公移山

在很久以前，北山住着一位愚公，大约有九十岁了。愚公的屋前有两座山，一座是太行（háng）山，一座是王屋山。这两座山正巧挡在了愚公家门前，愚公一家出入很不方便。

于是，愚公决定挖掉这两座“拦路虎”。周围的邻居感到不可思议，纷纷议论：“这个老头子真是异想天开。自己已经九十岁了，竟然还想去挖山，简直是白日做梦！”愚公听说后，坦然地对大家说：“我是活不了几天了，但我死后有儿子，儿子死后有孙子。子子孙孙，无穷无尽地挖下去，终有一天，会挖掉这两座大山，这时大家就方便了。”

躲在一旁的山神听到愚公的豪言壮语，吓坏了。是啊，两座大山一旦被挖完了，他这个山神到哪去安身呢？于是，山神赶忙将这消息汇报给天帝。

天帝被愚公豪迈的誓言所感动，也害怕那位山神真的无家可归，便命令大力士夸娥的两个儿子，连夜将这两座山搬走了。

《列子·汤问》

夸父追日

夸父是一个居住在北方荒原中的巨人，他身材高大，力大无穷，喜欢用活的黄蛇缠绕在耳垂上作为装饰，样子十分威猛。

一天，夸父在荒原上漫游，忽然看到远处缓缓西坠（zhuì）的太阳，顿起好（hào）胜之心：跟太阳赛跑，看看谁跑得更快！于是，夸父追着太阳，迈开大步奔跑了起来。近了，更近了！傍晚时分，那一团炽（chì）热的火球就在眼前了！

但是，就在这时，被太阳的烈焰烘烤了整整一天的夸父，感到口渴难耐。于是，他伏下身子去喝水，竟一口气喝干了黄河和渭河的水，可还是不解渴。夸父站起身子左右一打量，发现不远处的北方有一片方圆千里的大湖——瀚（hàn）海。夸父折下路旁的树枝作为手杖，支撑着饥渴疲惫的身子，迈开大步向瀚海奔去……

刚到半路，夸父颓（tuí）然倒下，这追逐太阳的巨人终因口渴而死。临死前，夸父将手中的树枝奋力向远处掷去。那手杖刚一落地，霎（shà）时间化作一片茂密的桃林。那累累的鲜果，为后世寻找光明的人提供了充足的食物，使他们能够完成夸父的遗愿！

《山海经·海外北经》

鲤鱼跳龙门

很久很久以前，黄河流经现在的陕西和山西两省交界处时，被一座大山所挡，这座山就是现在的龙门山。相传大禹治水时，为了疏导黄河，便借来神斧劈开大山，形成一个一里多宽的大缺口，让黄河水顺流而下。这缺口两岸峭壁对峙（zhì），很像一个大门口。那么后人为什么要称它“龙门”呢？原来，这里面还有个有趣的故事呢。

当初，黄河流经龙门时，水流特别急，浪特别高。每年春天，总有无数的鲤鱼从各条水道蜂拥而至，争着想跳过龙门。只见它们顶着湍（tuān）急的水流，一个鲤鱼打挺，高高地腾跃而上，可是大多数鲤鱼总是跃到一半便力气不济（jì），摔到河里。说来也怪，每年跳过龙门的鲤鱼，不多不少总是七十二条。

每当有鲤鱼跳过龙门时，天空中便会乌云密布，电闪雷鸣，一团火光从天而降，烧掉那条已跳过龙门的鲤鱼的尾巴。烟雾过后，这条鲤鱼变成了一条神气活现的龙，“龙门”的名称就由此而来。而没有跳过龙门的鲤鱼只能顺流返回，期待着明年春天再来跳龙门。

《太平广记》

后羿射日

很久很久以前，天上有十个太阳。当然啦，他们不是一块儿出现的，而是轮流值班，每天仅出现一个太阳。所以，人们倒也不觉得有什么不方便。

可是有一天，十个太阳突然一齐跑出来了，得意洋洋地在空旷的天空中溜达。这下可就乱套啦！地面上的庄稼被滚烫的太阳晒得枯焦，连石头仿佛也要被晒化了，人们东躲西藏……

天帝震怒了！他马上派出神箭手后羿（yì）去惩罚那些胡作非为的太阳们。

后羿来到人间，只见他稳稳地拉开神弓，瞄准那一团团火球，"嗖"地一箭射去。天空中便突然爆出了一团灿烂的火花，金色的羽毛四处飞散；随着一声雷鸣般的巨响，一只巨大的金黄色的三足乌落到地面——这就是太阳的精魂了。紧接着，后羿瞅准了其余那些东逃西窜的太阳们，连连射出神箭。一个、两个、三个……不一会儿，便射下了九个太阳！大地立刻凉爽了许多。

这时，人们想起太阳还有其他的好处呢，便赶忙请后羿手下留情。从此以后，天上便只有一个太阳了！

《楚辞》

嫦娥奔月

后羿有一个美丽的妻子，名叫嫦娥。后羿成天忙于为民除害，不免就冷落了妻子。嫦娥想：要是能成为神仙，也许就不寂寞了吧？于是，她缠着后羿去向西王母讨取“仙药”。

一天，后羿兴冲冲地回到了家，把仙药交给了嫦娥，准备挑一个好日子，夫妻俩一起服药成仙。谁知，嫦娥暗中起了私心：“假若两份药一起吃下去，不是可以变得更快了吗？”于是，她便将两份仙药一起吞了下去。不一会儿，嫦娥只觉得身体变得轻飘飘的，竟不由自主地向窗外飘去，直向月亮奔去……

可是，一到了月宫，嫦娥便后悔了。原来，月宫中寂寞而冷清，只有一只玉兔在不停地捣药——大约是在制造仙药吧？另外，在一棵巨大的桂花树下，有一个受惩罚的仙人正在砍树。那桂树的创口随砍随合，总也砍不下来。除此之外，月宫中便什么也没有了。

这时候的嫦娥，才深深地怀念起自己的丈夫和往日充满欢乐的家庭，但是，一切都已经晚了。嫦娥只得在凄凉的月宫中，过着更加寂寞的生活！

《搜神记》

专治恶鬼的门神

在浩瀚无边的大海中，有一座奇妙的度朔（shuò）山。山上长着一棵巨大无比的扶桑树，仅仅是扶桑树的根部，就弯弯曲曲地盘绕了方圆三千里。

每天清晨，面对着第一缕（lǚ）阳光，那扶桑树顶上就有一只神奇的天鸡开始引吭（háng）高歌。霎时间，人间所有的雄鸡便一齐啼叫。

朦胧的晨曦（xī）中，往往有一道道如丝如缕的阴影，从四面八方汇集到扶桑树的东北角上，那儿站着两位威武勇猛的神灵。

这两位神灵是兄弟俩，名叫神荼（tú）和郁垒，专门管理鬼魂。每天清晨，当鬼魂汇集到度朔山的扶桑树上时，这兄弟俩便一手拿着“点鬼簿”，一手持着芦苇编成的绳子，检阅着鬼魂。他俩的脚边还蹲着一只凶猛的老虎。只要发现了害人的恶鬼，神荼、郁垒便毫不犹豫地用苇索把那恶鬼捆绑起来，塞入猛虎的血盆大口中去！

此后，世间的人们便在自己的大门口，画上神荼、郁垒的形象，作为门神，吓退害人的恶鬼。

《论衡·订鬼篇》

上天的梯子

上古的时候，神仙经常来到人间游玩，那么，神仙们是怎么样下来和返回的呢?

据说，大地的中心地区叫都广。那可真是个好地方：一年四季温暖如春，不管春夏秋冬，都能播种和收割；鸾（luán）鸟婉转歌唱，凤凰翩翩起舞，各种珍禽异兽在悠闲地散步，草木冬夏常青，真是人间的乐园！

在都广的最中央长着一棵“建木”，它就是神仙们上下天庭的梯子。那建木长得可神气啦：长长的树干笔直地钻入云端，四周没有枝条，只在树顶才有些弯弯曲曲的树枝，盘绕得像一把伞盖；绿油油的树叶，紫色的树干，黑色的花，结着黄色的果子，传说它还是黄帝亲手种植的呢！

建木生长在天地的中央，所以正午的太阳照在树顶的时候，地上连一点儿影子也瞧不见。站在这儿大吼一声，声音马上向四周均匀地传播开去，一点儿回音也听不见。神仙们就顺着这棵建木爬下爬上，来往于天庭和大地之间，还经常溜到人间来游玩嬉戏。

《山海经·海内经》

钻木取火

在很久以前，人们虽然已经会使用火了，但是还不懂得人工取火的方法。日常使用的火种，都是由雷电引发的自然火。

一天，一个聪明人旅行到“燧（suì）明国”。这个国家被一棵燧树笼罩着，一年四季见不到太阳。按理说，这里应该是个漆黑一片的地方。可是，怪就怪在这儿，密密的森林中到处有星星点点的火光，一闪一闪的，勉强能看清东西。聪明人正在纳闷，又听见一阵阵“笃笃”“笃笃”的声响。随着这声音，火花便四处溅开，也带来了一团光明。原来森林中有许多鸟儿在啄木呢！

这时，聪明人的头脑中灵光一现，他兴奋地跳了起来，折下一根枝条放在地面上，又抓起另一根枝条，学着鸟儿的样子，使劲地钻啄着地上的那条树枝。不一会儿，奇迹出现了！地面上的枝条溅出了星星点点的火花，从此以后，人们便发明了“钻木取火”的方法。

《拾遗记》

仓颉造字

传说，在文字还没有发明以前，人们是用“结绳”的方法来记事的。如果要记住一件事，人们便在绳子上打一个结。起初倒也方便，可时间一长，事情一多，难免会颠三倒四。特别是专门记录历史大事的史官，面对一连串莫名奇妙的绳结，更感到头痛了。

这时，有个名叫仓颉（jié）的史官，他仔细观察了大地上的自然景观和各种动植物后，将它们的主要特征提炼出来，“画”成一个个符号，使人一看就懂，而且永远不会忘记——这就是文字了。从此，人们再也不怕搞错或忘记什么事情。

仓颉刚一发明文字，立刻引起神仙鬼怪们极大的震惊：神仙从天上降下大量的粟（sù，小米），好像下雨一样；兴风作浪的鬼怪们，害怕人们记录下它们的罪行，报告给天帝，使它们受到惩（chéng）罚，吓得每天晚上呜呜咽（yè）咽地直哭……

但是，不管怎么样，仓颉发明的文字世世代代流传下来，成为人们重要的交流工具。

《淮南子·本经篇》

指南车

蚩（chī）尤是黄帝时代著名的神灵，他勇猛善战，有一年，他竟然野心勃勃，想跟“众神之王”黄帝争夺天下。

两军在涿（zhuó）鹿（今属河北）摆开阵势。哪知刚一交锋，黄帝便有些吃不住劲儿了。原来，蚩尤铜头铁额，刀枪不入。而且，战斗到最激烈的时候，蚩尤施展法术，放出漫天的浓雾，把黄帝的军队团团围住。蚩尤和部下就乘机杀戮（lù），只杀得黄帝的军队人仰马翻……

黄帝这下可真急了！那浓雾铺天盖地，严严实实地遮住了大地。浓雾中伸手不见五指，更不用说辨别东西南北了！那可怎么打仗呀？

于是，黄帝找来一个天下最聪明的大臣，名叫风后，责令他一定要想出破解的方法。风后是个小老头，长着长长的白胡子，双目炯（jiǒng）炯有神。风后不愧是天下第一聪明人，他马上想到：不论季节如何变化，天上的北斗星总是指着北方；那么，如果人可以造一件东西，使它不论如何转动，总是指着一个方向，不就可以冲出大雾了吗？说干就干，不一会儿，风后就造出了一辆奇妙的“指南车”。

凭着“指南车”的引路，黄帝终于率领他的军队和前来助战的神仙们冲出了浓雾，准备与蚩尤决一死战！

《山海经·大荒北经》《志林》

神农尝百草

神农是传说中的医药之神。

很早的时候，人们不幸生了病，只能硬挺着；挺不住的就一命呜呼了。神农看到人们痛苦挣扎的样子，心中大为不忍。他决心尝遍所有的野花野草，找到能为人们解除痛苦的药草。

从此，无论是名川大山，还是深沟险壑（hè），只要有草药的地方就有神农的足迹。任何一种稀奇的草药，神农一尝，马上就能辨别出它的药性和疗效。因为神农有一个神奇的透明肚子，草药对人体的治疗作用，神农一看自己的肚子马上就知道了，当然能够分辨啦！

但是，有些草药是有毒的。神农尝百草的时候，经常会中毒。幸运的是，那个透明的肚子帮了大忙，一旦中毒，就可以马上采取紧急措施。这样，神农便一次次从死亡线上闯了过来。

最后有一次，神农尝到一种开小黄花的藤状植物。这种叫断肠草的植物毒性猛烈无比，刚一入口，肠子便根根寸断，还来不及采取措施，神农便猝（cù）然倒地而死……

神农拯救了千百万人的生命，世世代代为后人所敬仰。

《淮南子·修务篇》

精卫填海

炎帝神农氏有个女儿名叫女娃。女娃最喜欢到处旅行。

有一次，女娃来到东海游玩。蓝蓝的大海，碧波万顷；飘渺的云雾中，五座仙岛若隐若现，还可以望得见长着翅膀的神仙。女娃在海边尽情地玩耍着，不料，海面上突然掀起了滔天的巨浪，女娃冷不防被卷入海中，不幸淹死了。

死后的女娃痛恨无情的大海吞噬（shì）了她年轻的生命，便发誓，一定要填平大海！于是，她的灵魂化作一只小鸟，就是精卫鸟。那鸟的形状有点像乌鸦，有美丽的花脑袋，白玉般的鸟嘴，鲜红的鸟爪。精卫鸟常常衔着小石子、小树枝，投到东海里去。它每天不知疲倦地飞着、投掷着，近处的石子、树枝不够用了，它就飞到遥远的西山去寻觅。

大海奔腾着，咆哮着，嘲笑她："小鸟儿，算了吧，你这工作就干一百万年，也休想把我填平！"

精卫十分执着，在高空答复大海："哪怕是干上一千万年，干到宇宙的尽头，世界的末日，我终将会把你填平的！"

年复一年，日复一日，小小的精卫凭着它顽强的意志，飞翔在辽阔的东海上空……

《山海经·北山经》

湘妃竹

尧老了以后，决定把首领的位子让给深受大家爱戴的舜（shùn），并把自己的两个女儿娥皇和女英一起嫁给了舜。

有一年，舜为了考察百姓的生活情况，决定亲自去南方巡视，却不幸病死在苍梧（今属湖南省）。舜的两个妻子听到这个不幸的消息，立即赶往南方奔丧（sāng）。

一路上，娥皇和女英怀念着丈夫，不由得悲从中来，泪如雨下。她们一面日夜兼程地赶路，一面悲伤地哭泣着。泪水沾湿了她们的衣襟，也洒落在路旁的竹林中。谁知这洒落的斑斑泪痕竟然深深地印在了那些青翠的竹上，仿佛竹子也为这忧伤而动情。从此后，南方的竹林中便有了这种“斑竹”。

不幸的是，娥皇和女英在渡湘江时遇上了大风浪，被浩渺的江水淹死了。天帝哀怜她们的不幸，便封她们为“湘妃”，即湘江的女神。

因此，斑竹也就被称为“湘妃竹”了。

《博物志·史补》

大禹治水

在大禹年轻的时候，大地上洪水泛滥，连那巍（wēi）峨的高山也仅仅露出一点儿尖尖的山顶。幸存下来的人们过着痛苦的生活。

人类的苦难惊动了天帝。于是，天帝赐给大禹一种神奇的“息壤”。这种息壤自己能够不断地生长，最后堆积成山，从而达到治水的目的。同时，其他富有同情心的天神也纷纷拿出了自己的宝物，慷慨相助。伏羲（xī）氏送了一把精致的玉尺，可以丈量河道。树神送来一艘独木舟，那是用直径一丈二尺的大树制成的。最珍贵的是，黄河中的鱼精送来的一块青石板，上面刻着天下所有的河道的位置和走向。

大禹非常感谢天神们的相助，待一切准备就绪，便率领着他的部下浩浩荡荡地出发了：长着翅膀的应龙在前方开路，用它强壮的尾巴开挖出一条主河道，其他的龙神则沿路护航；一只黑色的大乌龟托着神奇的息壤，跟在身后；大禹呢，则乘坐着独木舟，一路考察着自然环境，并根据地理形势来填塞或疏浚河道……

经过好几年千辛万苦的劳动，大禹终于平息了洪水，人们又重新回到平地，过上了幸福美满的生活！

《拾遗记》

九鼎的传说

大禹完成了治水的任务后，又利用各地进贡来的珍贵铜块铸造了九个铜鼎，每一个都要用九万人才能搬得动。那鼎不用加柴火便会自动地煮熟食物；每逢乱世，它便会自动地躲起来，待世道太平后，再自动地出现。

当然，九鼎并不是大禹用来为自己歌功颂德的，而是有着它重要的作用的。

原来，当时的中国共分为九个州，九鼎便分别象征着九州。大禹在铜鼎上，刻着每个州特有的动植物以及当地的妖魔鬼怪。这样做，一方面能够使人们增长知识；另一方面呢，也让那个州的人们知道妖怪的模样，及时地躲避危险。

由于九鼎象征着九州，于是，它也成为国家的象征了。所以，每当改朝换代时，胜利者总要把九鼎搬到新朝代的都城里去。

这样地搬来搬去，终于搬出事儿来了：周朝末年，这九个鼎忽然一下子都不见了！大约是九鼎看到了天下大乱，故意躲起来了吧。

从此，即使世道安定了，九鼎也没有再出现过，人世间永远失去了它们的踪迹！

《左传·宣公三年》

启的出生

大禹因为忙于治理洪水，所以一直到三十岁才与涂山氏结婚。婚后的第四天，大禹就告别了新婚的妻子，依旧为治理洪水忙得不可开交。其间，他三次经过家门，却没有空闲进去看望一下妻子。

有一年，涂山氏已经怀孕快要生产了，可大禹正忙着打通一座大山呢！因此，大禹就对妻子说："我在山上挂一面鼓，听到鼓声你就来给我送饭。其余的时间，你还是好好地呆在家里休息吧！"妻子答应了。不料，那座山特别坚硬，大禹一怒之下，便把自己变成一只力大无穷的大黑熊，想用神力来挖通大山。

正在他拼命地嘴拱爪刨的时候，一不小心，后爪带起了一块小石子，不偏不倚地正打在鼓上。涂山氏听到鼓响，赶忙上山送饭，却看见丈夫变成了这副又笨又蠢的"熊"样。她大吃一惊，转身便逃。大禹急了，想跟她解释清楚，便追了上来，可慌乱中忘了还原成人形。涂山氏又气又急，不愿意理睬他，就化作了一座石像。大禹也火了，大声叫道："还我儿子来！"话音未落，石像裂开了，一个白白胖胖的婴儿崩了出来！大禹为儿子取名启，"启"就是裂开的意思。

启就是后来夏朝的第一代君主。

《淮南子》

桑树“生”的孩子

伊尹曾经在成汤灭夏朝建商朝的过程中，立下了很大的功劳，因此做到了“尹”的官职（相当于丞相），是古代有名的大臣。可是，谁会想到呢，伊尹却是桑树“生”的孩子！

原来，伊尹的母亲本来住在伊水河边，她怀孕的时候，做了一个奇怪的梦。她梦见一个神仙告诉她：“如果你看到舂（chōng）米的石臼（jiù）中冒出了水，就马上向东方逃跑，不要回头看。记住啊，千万不能回头看。”

第二天，石臼果然冒出了水，她赶紧把神仙托梦的事情告诉邻居，并且按照神的吩咐向东方逃去。她向东方跑了大约十里路，因为惦记着自己家和邻居的安危，便回头看了一眼。这一看让她大吃了一惊，只见身后有一片白茫茫的大水，正汹涌地向她扑来；她正想逃走，不料已经化成了一棵桑树！

几个月后，胎儿已经长成。于是，那棵桑树便裂开了一个空洞，“生”下了这个孩子。由于孩子的母亲曾经住在伊水，孩子后来又做过“尹”的官职，所以，人们便称他为“伊尹”。

《吕氏春秋·本味篇》

长寿的彭祖

彭祖，大概是除神仙之外，寿命活得最长的凡人了，他活了整整八百岁！可临死前，彭祖还一个劲儿地抱怨自己这么年轻就死去了，实在够委屈呢！

在商朝末年，彭祖已经七百六十七岁了。商朝的国君听说了这件稀罕事儿，马上派人向彭祖询问长寿的秘诀。

彭祖抚摸着他的白胡子，慢吞吞地说："唉！我命好苦哇！我生下来就没见过我爹，我娘也在我三岁时就死了。青年时，正遇到犬戎造反，只好四处流浪，在西域躲了一百多年。我一生中娶过四十九个妻子，现在她们一个个全都死啦！还有五十四个儿子也比我早死——假如我有长寿的秘诀，为什么不传给妻子和儿子们呢？"

说完，彭祖颤颤巍巍地把来人送走了。第二天，彭祖就远离了家乡，不知去向了。

又过了七十多年，有人在流沙国看见了这个"垂死"的彭祖，却是红光满面，挺精神的。

彭祖为什么能长寿？原来，彭祖曾煮过一锅美味的鸡汤献给天帝。天帝吃后大为赞赏，就赐给了彭祖八百年的寿命！

《神仙传》

被抛弃的孩子

姜嫄（yuán）是古代有邰（tái）氏部落的女儿。一天，她到郊外游玩，发现地上留着一个巨大的脚印。姜嫄好奇地想测量一下这个脚印。谁知，她刚踏到脚印的大拇指部位，便仿佛受到了感应，竟然怀孕了！

姜嫄还是个姑娘家，这下可被吓坏了。于是，她生下孩子后，便悄悄地把孩子扔在了屋后的小巷中。狭窄的巷子是放牧牛羊的通道，即使是成年人，一不小心也会被牛羊踩伤。可今天出了怪事了：过路的牛羊纷纷地避开那个孩子，有几只母羊还跪在地上为他喂奶呢！姜嫄有些奇怪，只得悄悄地抱走孩子，想扔到森林中去。真不巧，树林中有人在伐木，叮叮当当的，热闹极了，竟找不到机会。

眼看天快黑了，姜嫄狠了狠心，把孩子扔到结冰的河面上。霎时间，奇迹发生了！无数的鸟儿从四面八方飞来，停歇在寒冰上，用柔软的羽毛覆盖着孩子。那孩子舞动着冻得红通通的小手，大声地啼哭着……

姜嫄这才明白，这孩子一定是非比寻常的，便赶忙将他抱回了家。由于曾经多次被抛弃，孩子被取名为“弃”，他也就是周朝的祖先后稷（jì）！

《史记·周本纪》

干将莫邪

相传，楚国的王宫里有一根神奇的铁柱，一年四季都是冰凉冰凉的。这年夏天，楚王后在院子里纳凉。天实在太热了，王后忍不住去抱住铁柱来降温。忽然"咯噔"一下，好像有什么东西掉进了肚子。几天后，王后竟生下一块乌黑光亮的铁块。

在这之前，楚王早就听说，吴国的干将、莫邪夫妇最善于铸造宝剑。于是楚王就请他俩来把这块铁铸成宝剑。干将、莫邪一看便知道，这是块不寻常的铁精。用铁精铸剑，可不是件容易的事。

他们在一座荒无人烟的深山造了间炼铁铺，并把这块铁精放在太阳下晒了七七四十九天，又放在月亮下照了七七四十九天。待铁精吸足了天地之灵气后，他俩才开始冶炼。开炉那天，竟然吸引了许多天神前来观看，于是铁精又得到了许多神灵的精气。夫妇俩炼啊炼啊，一年过去了，两年过去了，可是那块铁精却丝毫没有被熔化。原来，铁精吸收了天地的灵气和神气，却还缺少"人气"呢！于是，夫妇俩又找来三百个童男童女，每天让其中一人剪下头发和指甲，扔进炉里，让铁精吸收人气。三百天后，这块聚合了"天气""神气"和"人气"的铁精终于熔化了。

干将和莫邪又用了整整三年的时间，才终于铸成了一对举世无双的雌雄宝剑！

《列士传》

病入膏肓

春秋时期，有一年，晋侯忽然生了病，卧床不起，朝中的大臣们急得不得了。他们听说秦国有个名叫医缓的医生，医术十分高明，便赶紧派人到秦国去，请医缓前来为国君治病。

这天，听说医缓马上就要到了，晋侯便安心地躺在床上。迷迷糊糊间，晋侯忽然听到身体里有两个孩子在说话。一个说：“医缓就要来了，他可是个神医。只要他一到，我们就没命了，还是赶紧逃走吧。可是，能逃到什么地方去呢？”另一个孩子说：“别怕，我有办法。在人的心脏和膈膜间有个地方叫肓（huāng），在心头上有个地方叫膏，这两个地方无论什么药都达不到。我们就躲在肓和膏之间，看医缓拿我们怎么办！”晋侯怔怔地听着，闹不清究竟是怎么回事，一下子就惊醒了。

不一会，医缓就到了，可是给晋侯切了脉以后，他不禁大吃一惊，说：“晋侯已病入膏肓了，就是请神仙来，恐怕也无能为力了。”果然，没几天，晋侯就死了。

原来，那两个小孩就是可恶的病魔啊。

《左传·成公十年》

仙人王子乔

春秋时期，周灵王有个儿子，人称王子乔。王子乔多才多艺，吹得一手好笙（shēng）。

有一天，王子乔一个人在洛河边上吹笙。正吹得入神，不知不觉间，一个童颜鹤发、白须垂胸的道士飘然而来。只见道士也从袖里取出一只笙，吹了起来，不一会，天边出现了一片彩霞，那彩霞飘啊飘啊，飘到他们身边——原来是飞来了许多凤凰，而且围着他俩跳起舞来！王子乔惊呆了，那道士笑呵呵地说："你做太子虽然尊贵，可是也无法看到凤凰的优美舞姿吧。如果你舍得放弃太子的地位，可以跟我去嵩山学习神仙之道。"王子乔本来对宫廷生活已经厌倦，加上他生性洒脱，竟也不向家人告别，就直接跟道士走了。

大约过了三十年，朝廷中有个老臣在洛河边上遇到了王子乔。那老臣见王子乔还活着，高兴得不得了。王子乔让他转告家人，如果家人想见他，可于七月七日那天在山下等他。到了那一天，人们果然看见王子乔骑着白鹤停在山头上，频频向大家举手致意，身边还围绕着一片绚丽的彩霞。

王子乔拿出一支笙吹起来，随着阵阵悠扬的音乐，王子乔和仙鹤以及彩霞缓缓地飞向天边去了。

《列仙传》

隋侯之珠

古时候，有个诸侯小国叫隋国。有一次，隋国的国君隋侯出访齐国。当时正是三伏天，隋侯经过一片沙滩时，看见一条三尺来长的蛇，头上流着血，在晒得发烫的沙滩上打着滚。隋侯觉得它很可怜，就下马把它放入水中。

两个月后，隋侯从齐国返回，再经过那片沙滩时，看见有个小孩站在路中央，手里还捧着一颗明珠。那小孩对隋侯说："两个月前，多亏您及时救了我一命，这颗明珠就送给您吧，也算我的一点小小心意。"隋侯觉得很奇怪，自己从没有救过小孩啊；即使救过，我堂堂一个国君，怎么能要一个小孩子的东西呢？这岂不让天下人耻笑？于是他就笑笑走了。

当夜，隋侯做了个梦，梦中又遇见了那个小孩要送明珠给他。小孩说："我就是蛇的化身，特来报答救命之恩，请您务必收下！"说完，人就不见了。第二天早上隋侯醒来，发现床头边真有一颗明珠，隋侯知道这就是那蛇送的。连一条蛇都懂得知恩图报，这使隋侯非常感动，他想把明珠还给蛇，可是再也没能找到它。

《淮南子·览冥篇》

能听懂鸟语的人

春秋时候，鲁国有个人叫公冶（yě）长（zhǎng），他有一种特殊的本领——能听懂鸟语。

公冶长家里很穷，常常吃了上顿没下顿。有一天，公冶长家里又断粮了，正在发愁的时候，却见一只大鸟飞来。只听那大鸟叫道："公冶长，公冶长，南山有一只羊被老虎咬死了，你赶紧去剥皮吃肉吧，但请你把羊肠子留给我吃。"公冶长听后，赶紧跑到南山，那儿果然有一头死羊，可是才吃了一小块肉，丢羊的人就找来了，一看公冶长在吃羊肉，不由分说，便把他当作小偷押送到官府。公冶长自然大喊冤枉，并诉说了事情的前后经过。可是这事实在太离奇了，谁也不相信他，所以公冶长最后还是被关入了监狱。

谁知几天后，那只大鸟又飞到关公冶长的监狱屋顶上，对他说："公冶长，公冶长，齐国正在发兵偷袭鲁国，现在已经过了沂（yí）水，你赶紧通知国君做好迎战准备吧。"公冶长听了，连忙让看守带他去见国君。鲁国国君将信将疑，但还是派人前去侦察，果然在沂水附近发现了齐国军队。

由于事先有了准备，鲁军设下埋伏，大败前来偷袭的齐军，打了个大胜仗。这时，鲁国国君才相信公冶长真的能听懂鸟语。

《留青日札》

相思树

战国时期，宋国有个人叫韩凭。韩凭的妻子何氏长得十分美丽。夫妻俩相亲相爱，过着幸福美满的日子。

可是有一天，宋国国君看中了美丽的何氏，并把她强行抢入宫中。韩凭也无缘无故被打入大狱，最后死在狱中。何氏得知韩凭的死讯后，悲痛万分，决心以死表达对爱情的忠贞。于是她趁着与国君一起登上高台的时候，纵身往外一跳，死了。

何氏死后留下遗书，希望与韩凭合葬。残暴的国君知道以后，不禁恼羞成怒，说："我偏不让你们在一起，让你们死后也只能遥遥相望。"于是他下令把韩凭和何氏的尸骨隔开一段距离分别埋葬。谁知，奇怪的事发生了：只见两个坟墓上各长出一棵树，而且不几天就长得有两人合抱那么粗。两棵树的根交织在一起，树枝也互相交错在一起，仿佛是一对患难与共的夫妻，紧紧拥抱，绝不分离！

于是，人们就把这两棵树称为"相思树"。

《搜神记》

收藏云雾的锦囊

战国时期的更羸（léi）擅长射箭，他百发百中，是个神箭手。但是，更羸的妻子才更神呢！

原来，他的妻子会编织一种神奇的“锁云囊（náng，口袋）”。这是一种用五彩丝线编织成的绣囊，只有蚕茧那么大，却有一种奇妙的功能——收藏云雾！如果把锁云囊佩在身上去攀登高山，那么高山上的云雾就会自动地钻到绣囊中去。等你回到家中，打开绣囊，丝丝缕缕的云雾便会从囊中钻出来，充满着整个房间，仿佛使你又回到了云雾缭绕的高山上。可神奇啦！

有一天，更羸夫妻俩正在家中闲聊。更羸对妻子夸口说：“我能把箭射到天上漂浮的云彩中去。”妻子不信，笑话他吹牛。更羸急红了眼，当场便要射给妻子看。可是，怎样才能证明箭确实射到了云彩中呢？到底还是妻子聪明，她拿出一只锁云囊，绑在了箭杆上。更羸拉满弓，一箭向空中射去……

过了好一会儿，箭才落地。妻子打开绣囊，果然，绣囊中钻出一大团一大团的云雾。这一箭确实射到了云彩中！这时，妻子不好意思地笑了……

《广博物志》

五丁开山

战国时，秦惠王企图吞并蜀国。可是，蜀国周围高山环绕，没有大道，军队不易通过。于是，秦王就施展了一条诡计。他让人用石头雕刻了五头石牛，每天又悄悄地在牛屁股后面放了一大堆金子，还派人大肆宣扬说，这是五头会拉金子的石牛，准备送给蜀王的。贪财的蜀王听说后，大为兴奋，马上让蜀国的五个大力士，人称“五丁”的五个亲兄弟，去修筑一条秦国通往蜀国的大道，并命名为“金牛道”。

大路修成后，石牛也运来了，可它们当然拉不出金子。于是，秦王又假惺（xīng）惺地表示，愿意送给蜀王五名美女来赔罪，其实他是想以此来迷惑蜀王。蜀王果然又上当了，赶紧派五丁去护送美女入蜀。

五丁接了美女回国，刚走到梓潼（zǐtóng）这个地方，恰好发现一条水桶般粗的大蟒（mǎng）蛇正在向山洞中爬去。五丁一想：不好！这么大的蛇肯定已经成精了，那得害死多少老百姓啊！五丁决心为民除害，把那条蛇揪出了山洞。

不料，蛇妖作怪，只听一声霹雳（pīlì），地动山摇，整座高山坍了下来，变成了五座山峰。五丁兄弟壮烈牺牲了！那五座山峰也真是奇怪，峰顶平崭崭的像五座平台。人们为了纪念五丁便把它们称为“五丁冢（zhǒng）”。

不久，秦王便沿着金牛道大举攻入蜀国，蜀国灭亡了。

《华阳国志》

跨海的大桥

秦始皇统一了六国，好不威风，认为世界上没有他办不到的事情。有一天，他忽然异想天开，想要建造一座跨海的石桥，以便去海中观看日出的壮丽景色。

人一得意，连神仙也来凑趣。这事不知怎么让海神知道了，海神便施展魔法，用神鞭驱赶石头下海，让石头自行搭成桥身。石头走得稍微慢了点，海神便用神鞭狠狠地抽打他们。有些石头竟被打得血迹斑斑，据说现在那些珍贵的血色石便是那时留下的。桥很快就造好了。

秦始皇非常感谢海神的帮助，便想当面向海神道谢。海神说："我的形象是不能随便让凡人知道的。如果你答应不把我的形象画下来，我们可以在海中的桥上见面。"秦始皇答应了。

那一天，秦始皇骑着马，带了几个随从在海桥上整整走了三十多里，真见到了现出原形的海神。这时，有个随从偷偷地用脚在桥上勾画海神的形象。海神发现后，大吼一声，海面上立即响起了震耳欲聋的轰鸣声。秦始皇吓坏了，掉转马头便跑。马的前蹄刚踏上岸，就听见后面"轰隆"一声巨响，回头一看，哪里还有桥的影子！

《古小说钩沉·小说》

调皮的小神仙

传说汉朝的东方朔从小就成了仙，是一个名副其实的“小神仙”。

那一年，东方朔只有三四岁。一天，他正在山中玩耍，忽然，一头毛色斑斓（lán）的大老虎凶猛地扑了过来。东方朔吓了一跳，正想逃跑。谁知，那老虎竟像一只温顺的大猫似的，自动趴在了东方朔的面前。东方朔可高兴了！他跨上虎背，骑着老虎就回家去了。一路上，他嫌老虎跑得不快，还不时地用树枝抽打老虎，让它快跑。

可是，东方朔毕竟只是个小神仙，“法力”还不强；那只老虎呢，又是野性未驯（xùn）。它被东方朔打得恼火起来，猛地转过身来，朝着东方朔就一口咬来!东方朔正在洋洋得意，猛地看到老虎的血盆大口，竟吓得呆住了。还亏得他机灵，忙乱之中向上一蹿。还好，只被老虎咬伤了脚跟，性命总算保住了！老虎也一阵风地逃走了。

东方朔被摔到了泥潭中，弄得一身的泥浆。他只得脱下衣服，挂在树上晾干。不料，祸不单行，那件衣服刚挂上树梢，便化作一条巨龙腾空而去……

“小神仙”东方朔眼睁睁地看着衣服化龙飞去，只得光着屁股，狼狈地回家去了。

《洞冥记》

劈山救母

有一年，汉代书生刘向上京赶考，路上经过华（huà）山神庙，结识了华岳三娘，有了一段姻缘。分别时，刘向拿出一块沉香送给三娘，并说今后如果有了孩子，就以沉香为名。三娘则回赠他一颗夜明珠。

刘向赶到京城，考期已过。他想用夜明珠换取一官半职，谁知遇到了奸相，那奸相夺去了夜明珠还不算，又诬陷刘向是盗贼，下令判处刘向死刑。

这天，华岳三娘隐隐感到刘向有难，急忙赶到京城。正当刽子手刚刚举起屠刀，三娘立刻施展法术，霎时飞沙走石，电闪雷鸣，刑场上一片大乱。这事后来让皇帝知道了，他立刻给刘向平反，并把他派到扬州去做官。三娘这才安心地回到了华山。

话说三娘回到华山后不久，因有孕在身，没去参加王母娘娘的蟠桃会。她的兄弟二郎神不知从哪里探得了真情，一怒之下，就提起华山，把三娘压在山脚下的一个石洞里。

三娘在洞里生下一个孩子，按照刘向的嘱咐取名“沉香”，并派夜叉把沉香送到扬州认父。沉香长大后，得知了自己的身世，发誓一定要救出母亲。他历尽艰辛，来到华山，遇到了八仙之一的何仙姑。何仙姑教他仙法，并给了他一把萱花神斧。于是，沉香与舅父二郎神在华山展开了激战。后来玉皇大帝派太白金星去说服双方罢战，并让沉香用神斧劈开华山，救出了三娘。母子终于得以团圆。

《沉香太子劈华山》

赤松子

从前，有位神仙名叫赤松子。人们弄不清他是什么年代的人，只知道他已经躲在深山密林中修炼了好几百年。

相传，神仙是从不吃人间食物的，赤松子自然也不例外。他整天只吃一些柏树籽，有时也吃一些类似水晶的“水玉”。时间长了，嗨，还真有效果呢！赤松子因年老而脱落的牙齿，竟然重新长了出来。满口洁白而整齐的牙齿，映衬着鹤发童颜，确实是一副仙风道骨的样子。

赤松子还经常闭目静坐，调整呼吸吐纳，这大约与现在的“气功”差不多吧。经过几百年的练功，赤松子能做到灵魂出窍，悠游在名山大川之间，与清风明月为伴，好不逍遥自在！

有一年，赤松子采集到了一株奇怪的灵芝。那灵芝的叶子通红似血，茎干却青翠欲滴，十分惹人喜爱。赤松子早就听说服用灵芝可以立地成仙，便连忙一口吞下。霎时间，他只觉得浑身轻飘飘的。一阵微风吹过，赤松子竟然飘了起来，一直上升到天上，随着清风上下飞腾，任意地来往于东西南北……

《抱朴子》

黄雀报恩

汉朝时，有个少年叫杨宝。他九岁那年路过华山，看到一只黄雀被大鸟抓伤后，摔在树下。那黄雀拍打着翅膀想站起来，可是它伤得太重了，摇摇晃晃地挣扎着向前跨了一步，又一头栽倒在地。一群蚂蚁爬到黄雀身上一阵乱咬，这只不幸的黄雀连反抗蚂蚁的力气也没有了，只得任凭蚂蚁欺负。

杨宝觉得这只黄雀太可怜了，便赶走了蚂蚁，小心翼（yì）翼地把黄雀带回家中养伤。杨宝用小箱子做了一个舒适的鸟窝，里面垫上了许多干草，每天还采来黄花喂它。大约过了一百多天，黄雀完全恢复了健康。这一天，杨宝捧着小黄雀来到院子中，只见黄雀抖动了一下羽毛，立即展翅飞向了蓝天。黄雀在天空中恋恋不舍地绕着杨宝飞了好几圈，最后，金光般射向了蓝天。

当天晚上，杨宝迷迷糊糊地刚想睡觉。忽然，有个黄衣童子来到跟前，向杨宝行了个礼，然后说：“我是西王母的使者，承蒙您的救护，才得以保全性命。我非常感谢您的救命之恩。”说着，黄衣童子拿出四个白玉环送给杨宝，解释说：“这四个玉环会保佑您子孙昌盛，兴旺发达的。”说完，黄衣童子化为一只黄雀飞走了。原来，这个黄衣童子就是杨宝救活的那只黄雀。后来，杨宝的儿子、孙子们果然都很有出息，生活得十分美满。

《续齐谐记》

灶神

传说，人间的每一样物品都由天上的神灵管理着。比如说，每户人家的炉灶，就由灶神来管。

灶神名叫张单，字子郭。他最喜欢穿黄色的衣服，披散着乌黑的头发，是一个非常英俊潇洒的小伙子。他仔细考察着每一个人所做的事，暗暗地记在心中。每逢月末的最后一天，便上天去向天帝汇报情况。天帝便对做好事的人给予奖励；对干坏事的人则罚他短命而死，大的罪行罚少活三百天，小的过失少活一百天。

汉宣帝时，有个名叫阴子方的孝子。他家中贫穷，但哪怕自己只喝清水，也要让父母先吃饱饭。他的孝行感动了灶神，灶神便在腊月二十四日那天出现在阴家的阳台上，并告诉阴子方，他的孝心一定会得到回报的。

果然，不久之后，阴家的日子一天天地富裕起来了。阴家很感激灶神的慷慨相助，便在每年看见灶神的那天——腊月二十三日，用丰盛的酒菜、糕点和糖果来祭祀（sì）灶神。

从此以后，祭灶神的日子就固定下来，并代代相传。只是灶神的模样变得威严、老成得多了。

《酉阳杂俎》

会飞的鞋子

东汉明帝时，朝廷中有个官员名叫王乔。王乔精通神仙之道，喜欢无忧无虑的生活，在朝廷里呆得时间长了，感觉憋（biē）得慌，就想到地方上去做官。于是，明帝便让他到叶县做县令。

王乔做了县令以后，每月十五必到京城去朝见皇帝。次数一多，汉明帝便觉得奇怪：虽然说叶县离都城洛阳不远，可是即便乘马车，也得用一两天时间；况且王乔来时，总是孤身一人，从来不带车马，那就得花好几天时间。汉明帝越想越奇怪，便派人暗中观察，看看究竟是怎么回事。

几次以后，人们终于发现，每当王乔来时，总有两只野鸭从叶县方向飞来。大伙推断这两只野鸭与王乔必定有联系。于是他们悄悄地设下埋伏，待野鸭一落地，便立即用网罩住。可是走近一看，大伙都傻了眼，网中除了一双鞋子，连野鸭的影子也没有。他们只好把鞋子带回宫中，仔细辨认，原来是王乔在朝廷做官时穿的鞋子。

汉明帝这才明白，一定是王乔使用仙术，把鞋子变成野鸭，每月乘野鸭来京。于是赶紧派人寻找王乔，可再也无法找到他了。

《后汉书·方术传》

仙壶

从前有个仙人，住在一个神奇的壶中，人们叫他“壶公”。壶公的壶并不是很大，大约只能装五斤的水。可是只要壶公一跳进去，里面就会有天有地，有太阳有月亮，也有白天和夜晚。

壶公夜晚便在壶里睡觉，白天就跳出壶外，变成一个老翁，在大街上卖药治病。壶公卖药不计价钱，遇到没钱的穷人，不但分文不取，有时还会送上几个钱。他的药也十分灵验，无论什么病，一吃就好。

在壶公卖药的大街上，住着一个叫费长房的人，他看出壶公不是凡人，便有意跟壶公学道。所以，每当壶公上街卖药时，他就为壶公清扫座前的路面，还恭恭敬敬地捧上食品。时间一长，壶公觉得这人心诚意笃（dǔ），便让他傍晚无人时再来。

到了约定的时间，费长房与壶公在一个僻静的小巷中见了面。壶公把费长房带到壶前，嘱咐他学自己的样子跳入壶中。哪知，壶中竟然又是一个天地，到处是琼楼玉宇，还有很多的侍女。壶公很感谢费长房平时为他做的事，便送给他一只神奇的酒壶，那酒壶只有拳头那么大，但里面的酒却永远也倒不完！

《云笈七签》

犯了错误的神仙

汉朝时有个人叫项曼都，他喜欢神仙之道，整天想的就是炼丹啊、服气（类似气功）啊，简直着了迷。一天，项曼都忽然失踪了，家里人都以为他成了仙，所以也没太在意。不料，过了三年，项曼都又突然回来了。大家连忙关切地询问他这些年都去了哪儿。项曼都叹了口气说：“唉，一言难尽。”

原来，三年前的一天，项曼都正在专心练习服气。忽然，一团紫色的烟雾自天而降，然后，出现了几个白须垂胸的仙人，七手八脚地把项曼都拉上一片云彩。那云彩立即朝天上飞去，一直飞到离月亮很近的地方才停下来。项曼都睁眼一瞧，四周一片昏暗，连东南西北也分不清楚，更闹不清自己在什么地方。他只觉得又饥又渴又冷，仙人看他实在挺不住了，便拿出一只杯子，舀了一杯流霞让他喝。那流霞竟像千年陈酒一般，味道好极了，更奇怪的是，那酒喝下后，竟几个月不觉得饿。项曼都就这样不知不觉地过了三年。

说到这里，项曼都觉得有点懊丧：“可是，也不知我什么时候犯了过失，神仙们忽然不愿再教我了。我只觉得自己迷迷糊糊地躺在一片云上，待睁开眼睛时，就又回到了人间。”

后来，周围的邻居都知道了这件事，他们都把项曼都称为“斥仙”，意思就是犯了错误的神仙。

《论衡》

黄鹤楼

三国时候，有个神仙费文祎（huī）生性潇洒，喜好喝酒，一年到头四处飘荡。有一天，他偶然路过长江边的辛氏酒家，店主见他一副仙风道骨的样子，就用最大的酒杯为他斟酒，热情地款待他。这天，费文祎喝得特别痛快。第二天，费文祎又来了，店主仍然十分热情。这样一直持续了好几年，店主始终十分慷慨，从来没有向费文祎收过一文钱。

有一天，费文祎喝完了酒，对店主说："我欠了你这么多酒钱，今天就多少付一点吧。"说完，拿起橘子皮在墙壁上画了一只黄鹤。这只黄鹤可神了，只要你拍手唱歌，它就会从墙上飞下来，和（hè）着节拍蹁跹（piānxiān）起舞。远近的人听说后都到辛氏酒家来，一边喝酒，一边看黄鹤跳舞。因此，辛氏酒家的生意越来越兴隆。

一眨眼，十几年过去了。一天，费文祎又来了，笑着问店主："不知还够你的酒钱没有？"店主连忙说："多亏了先生的黄鹤，赚的钱足足有酒钱的一百倍，今天该我好好答谢您了。"费文祎说："既然如此，那我今天就要带着黄鹤走了。"说着，拿出笛子吹了几声。那黄鹤听到笛声，就从墙上飞下来，接着又有几朵白云从天上飘来。费文祎跨上黄鹤，驾云而去。

后来，店主就在黄鹤飞去的地方，造起一座黄鹤楼作为纪念。现在到武汉去，还能看到黄鹤楼高高地耸立在江边呢。

《列仙全传》

掌管生死的神

三国时，魏国的管辂（lù）善于相面，能预知未来，而且算得非常准。有一次，他遇到一个叫颜超的青年人。颜超长得身强体壮，可是管辂却说他短命。颜超的父亲一听就急了，赶紧恳求管辂想办法。

管辂说："你回去后，先打一壶酒，再买一斤肉脯预备着。明天一早，你到南面麦地边的大桑树下，看见两人在下围棋，你就把酒和肉脯放在那儿。你只管斟酒，不要说话。假如他们问你，你只要下拜行礼，不要回答，到时自有人会救你。"

第二天早上，颜超来到南面的麦田里，果然看见有两人在田边下棋。颜超为他俩斟满酒，又摆好肉脯，那俩人拿起酒就喝。过了一会，酒喝得差不多了，肉脯也快吃完了。北面那人说："小伙子，到这儿来干什么呀？"颜超赶紧下拜行礼。南面那人说："得了。我们喝了他的酒，吃了他的肉脯，也算欠了他的情了。"北面那人说："生死簿（bù）已经写定了。"南面那人拿过生死簿一看，颜超只能活到十九岁。他想了想，然后拿笔在"十"字的横上加了一勾，变成了"九"字，又说："让你活到九十九岁吧。"

颜超回来后，管辂对他说："北面那人就是北斗，专门管死；南面那人是南斗，专门管生，恭喜你增寿这么多年。"

后来颜超果然活到了九十九岁。

《搜神记》

水底世界

晋朝的温峤（qiáo）博学多才，曾在朝廷做过大官。

一天，温峤来到安徽当涂县西北的牛渚（zhǔ）山边，忽然听到山脚下的江水中有叮叮咚咚的音乐声。当地人告诉他，这里的江水深不可测，传说水里生活着许多水怪，可是谁也没见过。

温峤听了哈哈一笑，说："真有水怪吗？我倒想见识见识。"可是，水下一片漆黑，想看也看不见呀。温峤想起几年前曾经得到过一只神奇的犀牛角。据说，这犀牛角点燃后，光线可以穿透几十丈的深水。于是，温峤决定试一试。那犀牛角果然神奇，点燃后，先是发出一圈淡淡的紫晕，过一会儿，只见一道红光直穿水底。温峤顺着光线往下一看，哇！水底下真有许多奇异的怪物。有的还像人一样穿着衣服、戴着帽子；甚至还有乘马车的，想必那是水怪中的贵族了。那些水怪被犀牛角的红光一照，显得十分惊慌。于是温峤十分得意地说："这次我可算大开眼界了。"

当天晚上，温峤梦见有个怪物对他说："我们生活在水底下，与你阴阳相隔，互不侵犯。你却要拿那充满阳气的红光来照我们，搅得我们整个水族不安宁，我们一定要惩罚你。"温峤醒来后，只觉得心里憋得慌，不几天就死了。

《异苑》

宝剑的光芒

晋朝的时候，朝廷中有个大官名叫张华。有一天，他看见天上的斗星和牛星之间有一团紫色的烟雾，觉得非常奇怪，便去请教博学多才的雷焕。雷焕告诉他，那是宝剑的光芒冲上了云霄，并推测出宝剑的方位大约是在豫章郡的丰城（在今江西省）。

于是，张华利用职权任命雷焕为丰城县令，其实暗中派他去挖掘宝剑。果然，在丰城监狱的墙基下，雷焕挖到一只石头雕成的匣子，匣子里隐隐约约地透出一团光华。雷焕打开匣子一看，里面并排放着两把剑，上面分别刻着“龙泉”和“太阿（ē）”。这果然是古代最有名的宝剑！张华和雷焕一人分得了一把，而斗、牛间的紫气则再也看不见了。

后来，张华被皇帝处死，他的那把宝剑也突然失踪了。没多久，雷焕也死了，宝剑便传给了儿子雷华。

有一年，雷华经过延平津（渡口）的时候，佩在身上的那把宝剑突然从腰间弹出，跃入水中。雷华正想下河去捞，却见宝剑已化为一条巨龙。这时，不远处的河中也游来了一条巨龙，它们通体发射出耀眼的光芒，在水中缓缓地游走了……

此后，人们就再也没有看见过“龙泉”和“太阿”这两柄神奇的宝剑！

《晋书·张华传》

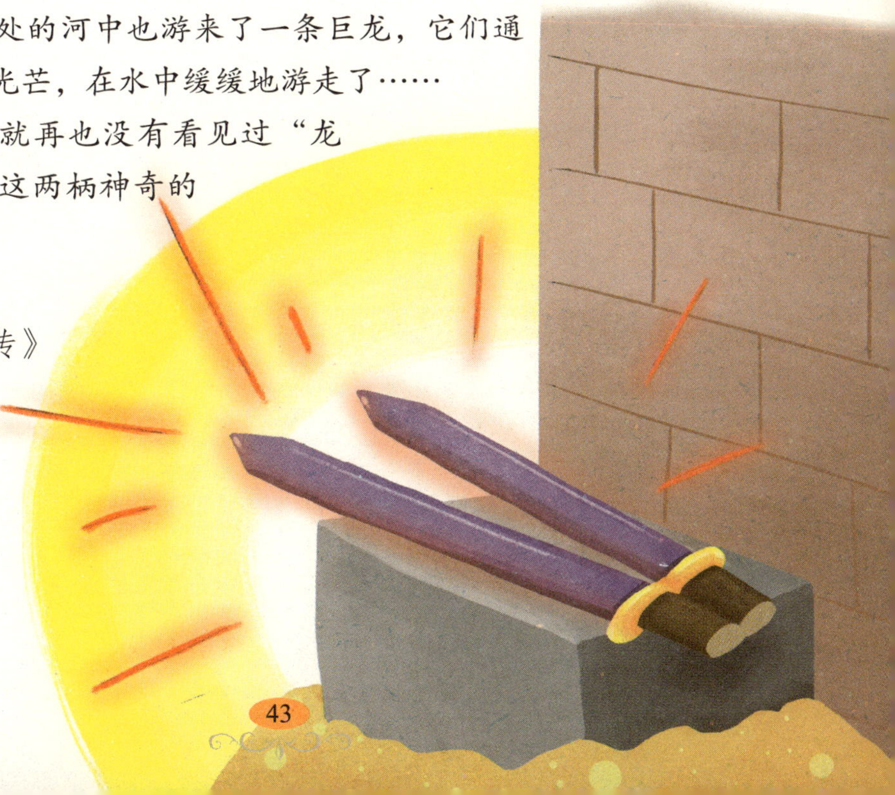

一盘下了一百年的棋

晋朝时，在现在的浙江省境内有一座山，山上有一间用整块石头挖空而成的石头房子，因此得名“石室山”。传说这房子是神仙居住的地方。可是，谁也没有见过这房子。

石室山树繁林茂，附近许多人就靠砍柴为生。有一天，有个叫王质的人上山砍柴，忽然听到前面有人唱歌，走近一看，竟看到一座石头房子，屋前有几个小孩一边唱歌一边下棋玩。王质也喜欢下棋，见此情形，不由得停下来，把砍柴的斧子放在一边，聚精会神地看了起来。

也不知过了多少时候，王质觉得肚子有点饿，于是，下棋的小孩就递给他一颗枣核让他含在嘴里。奇怪的是，肚子竟不饿了。几个孩子下完棋，对王质说，你怎么还不去砍柴啊。王质这才想起正事来，便赶紧站起来找斧子，可是斧子的把儿却已经腐烂了。王质感到奇怪：我才看一会儿棋，这把斧子怎么已经烂掉了呢？

王质提着烂了把儿的斧子回到村里，发现村里的人都不认识了。他仔细地询问了好久，这才知道，此时离他出来砍柴那天已经过去了一百多年了！

原来，石室前唱歌下棋的几个孩子就是神仙啊。

《述异记》

七仙女下凡

传说天上的织女有姐妹七人，最小的就叫七仙女。七仙女偷偷下凡来到人间，遇到一个名叫董永的穷苦人。董永为了给父亲办丧事，把自己卖给一个富人当长工。七仙女被董永的孝心所感动，便请老槐树做媒，同董永结成了夫妻。

结婚以后，两人一起到富人家去做工还债。可是富人看到董永还带着妻子，便刁难说，如果七仙女当天晚上能织出云锦十匹，那么原定董永的三年长工期可改为一百天；如果织不出，三年之后必须再加三年。

当天晚上，七仙女燃起一炷香，天上的众仙女闻到香味，知道妹妹在人间有难，立刻赶来。大家马上一齐动手帮七仙女织锦，不一会就织成了十匹鲜艳绚丽的云锦。第二天，夫妻俩把这十匹云锦交给主人，主人只得信守承诺。过了百日以后，董永夫妇就欢欢喜喜地回家去了。

谁知，好景不长。有一天晚上，忽然雷声大作，暴雨倾盆。原来天帝已经查出七仙女私自下凡，龙心大怒，立即派出天神，敲起天鼓，传旨七仙女第二天中午前必须返回天庭，否则，定将董永碎尸万段。

夫妻俩抱头痛哭。七仙女和董永约定，明年春天，当桃花盛开的时候，七仙女在老槐树下把儿子交给董永。

夫妻分别的时候终于到了，电闪雷鸣中七仙女被带回了天庭。

《搜神记》

定伯卖鬼怪

古时候，少年宋定伯为人大胆而机智。有一天，他深夜赶路，远远看到前面影影绰（chuò）绰地有一个人影。宋定伯大声问道：“这位大哥是谁？”想不到那人阴森森地回答说：“我是鬼怪。你又是谁？”宋定伯一听，吓了一大跳，心想：要是我说实话，他非要我的命不可，就骗鬼怪说：“我也是鬼怪。”于是真鬼怪和假鬼怪结伴而行。走了一段路，鬼怪说：“这么走太累了，我们不如互相背着走吧。”宋定伯说：“行啊。”

鬼怪愿意先背宋定伯。可是，刚一背上，就觉得不对劲，便怀疑地问：“你大概不是鬼怪吧，鬼怪都很轻，可你怎么这么重呢？”宋定伯赶紧说：“我是刚死的新鬼怪，所以很重。”轮到宋定伯背鬼怪时，果然觉得鬼怪很轻。又走了一段路，正巧遇到了一条小河，需要蹚水过去。宋定伯让鬼怪先走一步，鬼怪悄无声息地过去了，而宋定伯蹚水时却哗哗直响。鬼怪又怀疑了，宋定伯仍然说是因为是新鬼怪，还不习惯涉水，也就把鬼怪蒙过去了。

这么反复几次后，宋定伯想：我得找到治住鬼怪的办法，否则，老这么蒙下去，迟早会露馅的。他灵机一动，装着请教的样子，问道：“我们鬼怪最怕什么呢？”鬼怪告诉他说：“最怕人吐唾沫。”快到集市时，宋定伯把鬼怪背在身上。鬼怪大叫着要下来，宋定伯不理他，一直到集市中心才把鬼怪放下地，一看鬼怪已经变成了一只羊。宋定伯怕他又变回去，连连向他吐了几口唾沫，然后把这只羊卖给了屠夫，得了一千五百钱。

《搜神记》

橘中的神怪

古代的时候，四川盛产橘子。

有一年，人们发现有棵树上结出了两只巨大的橘子，那橘子红通通的，长得竟然比斗（dǒu，一种量器）还大。人们小心地把橘子摘下来，剖开一只橘子一看，咦，里面竟然有两个老翁，都留着长长的白胡子，穿着宽大的衣服，一副仙风道骨的样子，正在下象棋。你听，他们还在说话呢！

“快下，快下！这盘你可是输了！”

“急什么呢。你忘记了？第一盘你输给我一颗东海龙王的夜明珠；第二盘你又输给我一壶蓬莱仙岛的美酒；这不过是第三盘……”

“好！好！我不说话，你接着下吧！”

人们听得惊呆了，又剖开第二只橘子。哇！里面也有两个白胡子老翁在下象棋！这次，一个老翁正在伸懒腰；另一位呢，一推棋盘说：“不下了！真没劲！让这些凡夫俗子败了我们的雅兴。我们走吧！”

说着，老翁一招手，只见一条飞龙出现在他们的脚下。四位老翁一同跨上龙背，腾云驾雾而去，只剩下一大群目瞪口呆的人们，瞧着两只空空的大橘子发愣……

《幽怪录》

田螺姑娘

古时候，福建少年谢端从小没了父母亲，只好靠自己的力量，每天早起晚睡，辛勤劳动，可是他仍然很穷，连媳妇也娶不起。

有一天，谢端在河里捞到一个很大很大的田螺。他把田螺带回家，养在水缸里。谁知从此便发生了一桩怪事，每当他从田里回来，桌上总是摆好了热腾腾的饭菜。起先，谢端还以为是邻居们送的，便挨家挨户去查问，可邻居们都不承认。日子一久，谢端起了疑心。他决心弄个明白，究竟是谁为他做的饭。

这天一早，谢端就出了门，假装去地里干活了。过了一会儿，他就悄悄地回来，躲在门外偷偷地往里看。只见水缸里跳出个美丽的姑娘，迈着轻快的步子，走到灶前点火做饭。谢端急忙进屋一看，水缸里的田螺只剩下了一只空壳。

谢端问道："姑娘是什么人？从何处而来？"那美丽的姑娘闻声大吃一惊，想回到水缸里，可已经来不及了，只好对谢端说："我是银河的仙女，天帝见你孤苦伶仃的，便派我来帮你，现在被你发现了，我就无法再留在这里了。"姑娘停了一会，又说："但是我可以把这个螺壳留下。这是个宝螺，用它储藏粮食，里面的粮食就会永远也吃不完。"话音未落，只见风雨大作，美丽的田螺姑娘一下子就不见了。

《搜神后记》

鹊桥相会

每年农历的七月七日，是牛郎与织女相会的日子。

传说织女是天帝的孙女，住在银河的东边，长年用一种神奇的丝线，在织布机上织出一种美丽的“云锦”，这种云锦会随着时间和季节的不同而变换颜色。把云锦铺在天上，就成了凡人所见的云彩了。

银河的西边住着一个勤劳的青年农民，名叫牛郎。天帝看到织女整日孤独一人，不停地织着云锦，十分辛苦，他心中很不忍，便把她嫁给了河西的牛郎。

牛郎和织女结婚以后，夫妻俩住在河西，他们相亲相爱，过着幸福美满的生活。可是，织女却因此不再织云锦了。天上从此没有了云彩，那该多糟啊！天帝大怒，强令织女返回河东居住。从此，夫妻俩只能隔河相望。牛郎心中十分悲伤，他决心用水瓢舀（yǎo）干天河的水。牛郎的痴情终于感动了天帝，天帝允许他们夫妻每年七月七日晚上相见一次。这天晚上，人间所有的喜鹊都会飞来，一只连着一只，脑袋挨着脑袋，搭成一座喜鹊桥，夫妻俩就此在桥上相会。所以，七月七日那天，喜鹊的头都会脱毛，就是因为被牛郎织女踩着脑袋的缘故。

在晴朗的秋夜，遥望天空，人们至今还可以看到天河两边各有一颗较大的星星在不断闪烁，那就是牵牛星和织女星，他们在相视传情呢！

《述异记》

柳毅传书

唐高宗时，有个湖南书生柳毅应试落榜。在回家途中经过陕西泾（jīng）阳时，他忽然看到有个女子在路边牧羊。那女子像天仙一样美丽，却满脸悲伤。柳毅觉得奇怪，便再三询问。

原来，这女子是洞庭龙王的女儿，嫁给了泾水龙王的儿子。但丈夫常常虐待她，现在又把她赶到荒山来牧羊。龙女哭着说：“洞庭离这里不知道有多远，天地茫茫，音信不通，家里人也不知道我在这儿受苦。”柳毅非常同情龙女的遭遇，表示愿意为她送信。

一个多月后，柳毅回到了湖南。他按照龙女所说的办法，找到洞庭湖边的一棵橘树，在树干上轻轻地拍了三下，果然有人出来接应。柳毅说明来意后，便被带到了龙宫。柳毅递上了龙女的信。龙王读后，失声恸（tòng）哭。龙女的叔叔钱塘龙王闻讯后，暴跳如雷，立即化为一条一千尺长的巨龙，飞往陕西泾阳。

不一会儿，只见龙宫中烟雾缭绕，香气弥漫，原来是钱塘龙王已经把侄女救了回来。龙王为感谢柳毅，打算把龙女嫁给他。柳毅婉言谢绝了。

柳毅告别龙宫，回到人间后，娶了一个姓卢的女子，其实她正是龙女的化身。夫妻俩十分恩爱，后来柳毅也成了神仙。

《唐宋传奇集》

钟馗捉鬼

有一年，唐明皇忽然得了恶性疟（nüè）疾，而且持续一个多月，怎么治也治不好。

一天晚上，唐明皇正昏昏沉沉地睡在床上，突然梦见一个大鬼在追一个小鬼，那小鬼穿一件紫色衣服，一只脚穿着靴子，一只脚光着，怀里揣着偷来的杨贵妃的紫香囊和唐明皇的玉笛，拼命地往前逃；那大鬼呢，头戴毡帽，穿一件蓝颜色的衣服，挽着袖子，赤着双脚，在后面紧追不舍。过了一会儿，大鬼终于捉到了小鬼，并当场把小鬼吃了。

唐明皇觉得很奇怪，正要发问，大鬼说："我叫钟馗（kuí），在世时曾参加过武状元的考试，可是因貌丑而落选，就一头撞死在台阶上了。我死后，立志要为天下人除尽鬼怪，所以就吃掉了这个想害陛（bì）下的疟疾鬼。"说完就不见了。

唐明皇一觉醒来，病竟然完全好了。于是他就把当时最有名的画工吴道子找来，将梦中的事原原本本地告诉了他。于是吴道子就画成了那幅非常传神的《钟馗捉鬼图》。

据说这幅画画成后，就挂在唐明皇的卧室里，吓得各种鬼怪都不敢进屋与唐明皇为难。

所以，后来老百姓家中也经常挂一幅钟馗像，用以驱恶避邪。

《梦溪笔谈》

神奇的宝瓶

唐朝时，有个神仙叫胡媚儿。他经常扮成乞丐的样子，在街上玩各种把戏，引得许多人围观，因此他每天能赚到很多钱。到了晚上，他就把这些钱一一送到穷苦人的家中。

有一天，胡媚儿在扬州乞讨，他看到街上有很多人，就拿出一只透明的瓶子来，请大家投钱入瓶。他说："我只要装满这一瓶钱就够了。"有人往里投了几个钱币，只见那钱叮叮当当掉进瓶里后，都变得像米粒那么小。边上的人觉得既奇怪又有趣，也往下投钱，却始终填不满那瓶子。

这时，恰巧有一队士兵带着一辆装满银子的马车经过这儿。士兵们认为胡媚儿是在变戏法儿骗人，便以嘲笑的口吻说："喂，要饭的，你要是能把这马车也装进瓶里，我们这一车银子就算送给你了。"胡媚儿微微一笑，侧过瓶口，对准马车，大喝一声："进去。"说也奇怪，那马车就真的被吸进了瓶子，接着，胡媚儿也纵身跳入瓶中。开始时，人们还能看到有蚂蚁大小的马车，过了一会儿，人、车和马就都不见了，只剩下一个透明的空瓶子。士兵们大惊失色，急忙敲碎瓶子，可是瓶中什么也没有。

一个多月后，有人在河北遇见了胡媚儿，只见他正驾着马车沿途向穷人撒钱呢。

《旧小说》

月下老人

唐朝时，有个书生名叫韦固。一天，韦固外出办事，住在一家客店里。晚上，他看到店门外不远处坐着一个白胡子的老人，借着月光正在翻一本书。老人身边还有一个大布袋，袋里装着许多红绳子。韦固觉得奇怪，便上前询问。老人说：“这是一本婚姻簿，上面写着有婚姻关系的男女的姓名和住址等。”说着，又从布袋里拿出一根红绳子，说：“有缘分的人，只要我在他们脚上系上一根这样的红绳，不管他们相隔多远，总会有机会见面，哪怕是仇家，也会结亲；夫妻吵架，只要红绳不断，就会重新和好。”

韦固觉得这老人很有趣，便开玩笑地问：“老人家，您查查婚姻簿，看看我今后的婚姻如何。”老人说：“客店北面那卖菜瞎子的三岁幼女，将来就是你的妻子。”韦固想：这老人的话太荒唐了，这么点儿大的一个小女孩，怎么会是我今后的妻子呢！

十几年后，韦固在一个州官手下做事。州官很赏识他的才能，便把养女嫁给了他。婚后一问，妻子还真是当年客店北面卖菜瞎子的幼女呢。

原来，那月下老人就是专管人间婚姻的神仙。

《续幽怪录》

奇妙的回声

唐朝时，洛阳有个读书人，患了一种奇怪的病。每逢说话时，他说一句，肚子里也会跟着说一句，就像回声似的，仿佛有个调皮的孩子躲在肚子里学说话一般。那个读书人找了好多医生，却总也看不好他的怪病。时间长了，有些好奇的人专门来找他说话，特意听一听“应声虫”，弄得那读书人很难堪（kān）。

于是，他去找当时最有名的医生张文仲。张文仲也从来没有见过这么奇怪的病。他想啊想啊，想了整整一夜，终于让他想出了一个绝妙的主意。

第二天，张文仲让那个读书人一页一页地念《本草》。《本草》是一本专门记载药物名称的书。那人一味药一味药地念着，肚子中的应声虫也一个药名一个药名地跟着念。突然，念到“雷丸”时，肚中的回声消失了，仿佛挺害怕、不敢再念下去似的。于是，张文仲就让那人服用“雷丸”这味药。不一会儿，那人就吐出了两寸长的一个小人似的肉块，他的病立刻就好了。

《朝野佥载》

五色神笔

唐朝的廉广有一支五色的神笔。凡是用这支笔画的东西，都会变成活生生的，可神奇啦！据说，这支笔还是泰山上的画神亲手送给他的呢！

有一天，廉广经过江苏省的下邳（pī）县。县令早就听说廉广有一支神笔，便千方百计地想见识一下。廉广被缠得没有办法，只好在县衙的墙壁上画了一条巨龙。谁知，刚画完最后一笔，墙壁上突然冒出了大团大团的浓雾，云雾中，只见一条栩栩如生的巨龙张牙舞爪，十分威猛。人们正在欣赏着廉广的神技，猛然间，只听得一声霹雳，那条巨龙已经破壁飞去。霎时间，整个县城中便下起了瓢泼大雨。

县令亲眼目睹了五色笔的神奇，便暗中起了贪心，他找了个借口把廉广关进了大牢，想趁机谋夺这支神笔。

当天晚上，廉广在监狱的墙壁上画了一扇大门，同时又画上了一只仙鹤。只见他用手轻轻一推，墙上便真的出现了一扇大门。廉广随手一招，那只仙鹤便从墙上飞了下来。廉广打开大门，跨上仙鹤，腾空而去……

《大唐奇事》

修理月亮的工匠

唐文宗时，有两个秀才到嵩山去游玩，不知不觉间迷了路。这时，天色已经暗下来了，秀才们又累又饿。突然，他们看见前面的山道上，有个人枕着一个大包袱，正在呼呼大睡呢！

秀才急忙奔过去，摇醒他，向他打听下山的道路。那人翻身坐了起来，看见秀才们饥肠辘辘（lù）的样子，便笑着从包裹里掏出两只团子，说道：“先填饱肚子再说吧。”秀才接过团子，发现那团子晶莹洁白，仿佛玉石制成的一般，在月光下还微微地发光呢！他俩迟疑着不敢吃。那人笑了，说：“吃吧，没关系。这是用修理月亮时剩下的玉屑做成的，吃了可以长生不老呢！”

那人见秀才露出怀疑的神情，便告诉他们，月亮其实是用金、银、玉石、玛瑙（mǎnǎo）、琥珀（hǔpò）、珊瑚（shānhú）等七种宝物熔化后，浇铸而成的。所以，它的表面高高低低的，并不光滑。月亮上的那些阴影，正是太阳照在高出来的地方所形成的。月亮上共有八万二千个工匠，每天都在修理这个“大圆球”。“我便是工匠中的一个！”说着，他便打开包袱，里面果然是凿玉用的各种工具！秀才们正在半信半疑之际，那人忽然一下子就不见了。

可惜的是，秀才到底没敢吃那两个团子；而那两个团子最终也不知去向了。

《酉阳杂俎》

花精和风神

唐朝时，有个读书人叫崔元徽。一天晚上，他在花园里散步时，遇到了几个美丽的姑娘。她们自称一个姓李，一个姓陶，一个姓石，还有一个光抿着嘴笑，姑娘们管她叫封家十八姨。

崔元徽邀请姑娘们在花园里一起饮酒赏花。过了一会，不知为了什么事儿，石姑娘与封家十八姨发生了口角，于是大家闹得不欢而散。

第二天晚上，李姑娘、陶姑娘和石姑娘又来找崔元徽了。姑娘们说她们就住在这花园里，可是常有恶风欺负她们。以前她们常求十八姨保护。可是昨晚她们得罪了封姨，今后恐怕很难再求她保护了。所以她们想请崔元徽帮个忙，请他在明年年初的时候做一面红色的小旗，再画上日月星辰，然后竖在花园东面，这样她们就可以幸免于难了。

姑娘们七嘴八舌地说完后，崔元徽并没有听懂这是怎么回事儿，只知道要他做一面画有日月星辰的小红旗，他便答应了。第二年开春，他就按姑娘们所说的，在花园东面竖起了那面旗帜。这一年春天，刮起了强劲的东风，花园外的好多花都被风吹折了，可是他那竖了旗帜的花园里的花却安然无恙（yàng）。晚上，姑娘们来向崔元徽致谢，崔元徽这才知道，原来她们都是花精。李姑娘就是李花，陶姑娘就是桃花，石姑娘是石榴花，而封家十八姨就是风神啊。

《博异记》

蚂蚁报恩

从前，浙江富阳有个名叫董昭之的心地善良的青年人。一天，他有事需乘船过钱塘江。那天正是晴空万里，风平浪静，江面上飘着几片白帆，就像白云在空中飘荡，景色十分迷人。

船夫正要开船，忽然，董昭之发现船边的一支芦苇上有一只大蚂蚁正在不安地爬来爬去，眼看就要被水淹死。董昭之毫不迟疑地伸手把它轻轻地放在岸上，救出了这只蚂蚁，然后才吩咐船夫开船。

当天夜里，他梦见了一个黑衣人，自称是白天被救的那只蚂蚁，带着一百多个随从前来致谢。临走前还说，今后如果董昭之有难，无论在什么地方，只要跟当地的蚂蚁说一声，它必然会前来解救。

一晃十多年过去了。有一次，董昭之遭人诬（wū）告，被关进了监狱，而且还将被斩首。正在万分焦急的时候，他突然想起了那只蚂蚁说的话。于是他就在监狱的墙根处捉了几只蚂蚁放在手掌中，默默地祈祷（qǐdǎo），希望蚂蚁们前来解救他。晚上，董昭之迷迷糊糊中觉得似乎有蚂蚁在身上爬。醒来一看，身上的脚镣手铐都已被蚂蚁咬断，墙角还有许多蚂蚁为他挖了一个大洞，他赶紧钻过这个洞逃出了监狱。

《齐谐记》

护花使者

宋朝时候有个老花农叫秋先，大家都尊称他为秋翁。秋翁一生与花为伴，悉心照料各种花儿。无论春夏秋冬，他的花圃里都能看到盛开的鲜花。

有一年春天，正是牡丹花盛开的时候，恶霸张委走进秋翁的花园，看见满园怒放的牡丹，伸手就摘。秋翁最痛恨别人随意折花，立即上前劝阻。想不到张委恼羞成怒地说："我偏要折，看你能把我怎么样！"说着，又折下几朵花，然后扔在地上，用脚乱踏一气，扬长而去。

秋翁对着满地残花，十分伤心。这时，忽然来了一位美女，手里拿着一只玉露瓶。她把瓶里的仙露往花上洒了几滴，地上的花立刻回到了枝头上，而且比原来的更加鲜艳了。原来这位美女就是花神。

这事不知怎么让张委知道了，他就向县太爷诬告秋翁用妖术惑人。县官老爷也不调查，就把秋翁关进了大牢。于是张委乘机霸占了秋翁的花园。

这天晚上，张委得意洋洋地在秋翁的花园里摆酒请客。忽然，满园的牡丹都变成了美女，只见她们把长袖一甩，张委就跌进粪池里淹死了。这件奇事很快就传了开来，县官也害怕遭到同样的惩罚，慌忙释放了秋翁。

秋翁回家后，花神驾云来到他的花园，告诉他天帝已经封他为"护花使者"了。

《醒世恒言》

白娘子

南宋初年，杭州西湖断桥下住着一条修炼了五百年的白蛇。有一天，这条白蛇偶然吞下一颗仙丸，就变成了一个美丽的妇人。她给自己取名白娘子。白娘子又收养了一条小青蛇，取名小青。

一日，白娘子在西湖边巧遇善良的书生许仙，两人一见钟情，便结为夫妇。婚后，夫妻俩移居镇江，开了一间保和堂药铺，过着幸福美满的生活。不久，白娘子就怀孕了。

这一天，刚好是端午节。家家户户门前挂起了菖蒲艾叶，地上到处洒满了雄黄酒。蛇最怕雄黄，所以一早起来，白娘子就觉得特别难受。许仙不知情由，还以为是怀孕的缘故，就特意温了壶雄黄酒让白娘子喝，并说："雄黄酒能驱恶避邪，安神定胎，你该多喝两杯。"白娘子闻到雄黄气味，感到有种说不出的难受，可是她不想让许仙失望，就勉强喝了一口。哪知酒刚落肚，白娘子便觉得头疼脑涨，浑身瘫软，一下子现出了白蛇的原形。许仙一见妻子变成白蛇，大叫一声，吓昏在地。幸好小青赶到，叫醒白娘子，让她恢复了人形，然后两人一起到南极仙翁那里盗来了仙草，才总算把许仙救活了。从此，许仙夫妻俩的感情更深了。

话说镇江金山寺有个专爱乱管闲事的法海和尚。一天，法海经过保和堂药铺，看出了白娘子的原形，就对许仙说："你的女人是白蛇变的，她要害死你呢。我给你个钵盂（bōyú，古代和尚的饭碗），只要你把它罩在她身上，我就能制伏她。"许仙想起夫妻俩平时的恩爱以及端午节那天白娘子拼命救自己的情形，自然不答应。但法海偏要拆散他们，便强行把许仙带回庙里。

白娘子听说许仙被法海带走，焦急万分，立刻和小青匆匆赶到金山寺要人。哪知法海看到白娘子，举起禅杖便打，那禅杖化作了一条青龙直扑白娘子。白娘子只好应战，只见她从头上拔下一支金钗，迎风一晃，变成一面令旗，上面绣着水纹波浪。小青接过令旗，顺势一摇，霎时滔天大水滚滚而来，虾兵蟹将成群结队，一齐涌上金山。大水漫到金山寺前，法海和尚着了慌，连忙脱下袈裟，往寺门一遮，一道金光闪过，袈裟变作一道长堤，把大水拦在寺外。水涨一尺，堤也高一尺，大水总漫不进去。两人斗了一会，白娘子因有孕在身，渐感不支，只得退往西湖边的老家。谁知那法海跟踪而至，用计把白娘子收入金钵，并镇在雷峰塔下。

小青侥幸脱逃之后，又练得一身好本事，回到了杭州，她推倒了雷峰塔，救出了白娘子。法海和尚害怕白娘子报仇，躲到了螃蟹壳里，变成了螃蟹肚子里的“蟹和尚”。

《警世通言》

聚宝盆

明朝初年，吴县的沈万三是江南一带的首富。说起他的发家史，还有段有趣的传说呢。

沈万三早年很穷，家里常常揭不开锅。有一天晚上，他忽然梦见有一百多个穿着绿衣服的人求他救命。说来也巧，第二天早上，他正好看见有个渔翁抓了一百多只青蛙，准备拿回家做下酒菜。沈万三一下子联想起昨晚的梦。他想：这一百多只青蛙肯定就是昨夜梦中那一百多个穿绿衣服的人了，我应该把它们救下来。于是，他就掏钱把这些青蛙全部买下来，并马上把它们放回池塘。

这天夜里，沈万三屋前蛙声不绝，吵得他整夜都睡不着觉。第二天一早，他出门一看，竟有一大群青蛙在一个大瓦盆四周。沈万三觉得奇怪，却又不明白这是怎么一回事。他转念一想，这瓦盆拿回家当洗脸盆似乎不错，于是就把它端回了家。

有一次，他的妻子洗脸时不小心把头上的银钗掉入盆中。不一会儿，盆里变出了无数的银钗，把沈万三惊得目瞪口呆。他又试着用其他金首饰放入盆中，霎时也变为满满的一盆。他这才知道，这是那些青蛙为报答他的救命之恩而送给他的聚宝盆。从此，沈万三就成了最有钱的人。

《坚瓠余集》

八仙过海

铁拐李、汉钟离、蓝采和、张果老、何仙姑、吕洞宾、韩湘子和曹国舅八人都是著名的神仙，人称“八仙”。

有一年，王母娘娘邀请八仙前去西天参加蟠（pán）桃会。蟠桃是天上的仙桃，三千年开一次花，三千年结一次果，十分难得。据说吃了蟠桃，不仅能驱邪避灾，而且能长生不老。八仙尝了尝，果然甘甜无比。这一天，大家兴致特别高，回来路上，经过茫茫的东海，吕洞宾提议说：“我们老是腾云驾雾，怪没意思的。今天我们变个花样，用各人的宝物渡海，各位以为如何？”

话音刚落，铁拐李已经把拐杖投入大海，踏着拐杖消失在大海中了；韩湘子提着花篮，一晃一摇地驶向大海；张果老平时骑的驴是纸折的，所以他还是掏出了那张纸，折成个纸驴，再喷上一口水，纸驴就变成了活驴，然后倒骑着驴过去了；接着，何仙姑、汉钟离、吕洞宾、蓝采和和曹国舅也各以竹罩、拂尘、箫管、拍板和玉版投入水中，然后踏着各自的宝物，乘风破浪而去。

八仙过了海，还意犹未尽地说：“真有趣，真有趣。”

《东游记》

碧螺春

在很久以前，太湖边上住着一个名叫碧螺的美丽少女，她与青年渔民阿祥深深相爱着。

有一年，太湖中出现了一条恶龙。那条恶龙兴风作浪，无恶不作，阿祥决心为民除害。他与恶龙搏斗了整整七天七夜，终于杀死了恶龙，可他自己也不幸身负重伤！

碧螺闻讯赶来，她眼看着心上人奄（yǎn）奄一息的样子，心中不由得焦急万分！突然，她看见在阿祥流血负伤的地方，长出一棵碧绿的茶树。那树叶绿油油的，散发着扑鼻的香气。碧螺眼前一亮，心想：“这是阿祥的鲜血变成的，应该有奇妙的治疗效果吧！”于是，她采下茶叶，把它含在嘴里，然后再用它泡成茶水喂给阿祥喝。说也奇怪，阿祥喝了以后，慢慢苏醒过来。于是，碧螺每天泡一壶这样的茶水喂给阿祥喝，阿祥的身体也一天天地好起来了。

原来，碧螺是把自己的元气渗入了茶叶中，才使茶水有了神奇的疗效。那元气可是维持生命的物质精华啊！因此，就在阿祥身体彻底康复的那天，碧螺因为元气大伤而不幸身亡！

阿祥得知了事情的真相后，十分悲痛，他把碧螺葬在那棵茶树下。第二年春天，那棵茶树的香气更浓了，茶叶的质量也更好了。人们为了纪念碧螺，便把这种名贵的香茶称为“碧螺春”！

《郎潜纪闻》

装在篮子里的月光

从前，桂林有个读书人叫韩生。一次偶然的机会，他得到仙人的指点，就得道成了仙。

秋日的一天，韩生约朋友们一起到郊外秋游。他们来到江边的一座亭子里，到了晚上，明月当空，微风轻拂，他们一边饮酒赋诗，一边欣赏江上的美丽景色。大家玩得很痛快，然而又觉得意犹未尽，于是决定第二天再来。

韩生的朋友中有一个人精通天文。他看了看天，遗憾地说：“看来明天来不成了。明天晚上没有月亮，而且风很大，不能点蜡烛，我们没法写诗呀！”韩生听后笑笑说：“我自有办法。”说着，他提着一个篮子来到亭外，用勺子把月光一勺一勺地舀（yǎo）到篮子里。朋友们都疑惑不解：月光怎能舀得起来呢？又怎能装在篮子里呢？

第二天，几个朋友又来到江边的亭子里喝酒。这天晚上，天色果然阴沉沉的，连一丝月光也没有，而且还刮起了大风。这时，只见韩生从篮子里取出勺子向外一泼，亭子边上立即出现了一道白光。韩生连着泼了十多下，顿时，四周月光通明，韩生和他的朋友们高高兴兴地饮酒作诗，喝了个通宵。

《铁围山丛谈》

小猎犬

清朝时，山西的卫秀才借住在一家寺庙中读书。那座庙虽然很清静，但因地处郊外，所以蚊蝇很多，经常扰得人睡不着觉。

有一天，卫秀才吃过午饭，正准备打盹（dǔn）。忽然从门外进来一大队人马，大约有好几百个。只见他们个个全副武装，腰挎弓箭，有的头上还插着野鸡尾，威风凛凛的，但奇怪的是每个人的个头只有两寸来高！他们的肩头停着凶猛的老鹰，那老鹰比苍蝇略大一点；他们的手上牵着灵敏的猎犬，那猎犬就像一只巨大的蚂蚁。原来，他们是来打猎的，猎物就是房中的苍蝇和蚊子。

卫秀才一动也不动地假装睡着了，其实他正眯着眼，惊讶地看着呢！不一会儿，房中的蚊子和苍蝇一个也看不见了，那队人马也浩浩荡荡地撤离了。卫秀才赶忙跳下床，却惊奇地发现，床席上还留着一个小小的猎犬呢！那猎犬正在搜寻席子中的虱（shī）子，并把它们赶出来，一个一个地咬死！卫秀才高兴极了，任凭它在床上四处“打猎”，从来也不去干涉它。

可惜，有一天卫秀才睡觉时，不小心把小猎犬压死了。小猎犬被压得扁扁的，像是用纸剪成的一般。从此以后，世上就再也没有看到过这种小猎犬了！

《聊斋志异》

崂山道士

从前，有个富家子弟王生，做梦都想成为神仙。于是，他便上崂山去学神仙之道。可是师父却要他从砍柴、采药等杂活做起，王生觉得太苦，常想回家去。

一天，王生砍柴回来，看见师父正与客人一起饮酒。天色渐渐暗了。只见师父用纸剪了个圆片贴在墙上，就成了光芒四射的月亮，根本不用点灯。一会儿，师父又说："明月当空，美酒佳肴，要是让嫦娥来作陪，就更有趣了。"说罢，便将手中的筷子向墙上的月亮掷去。刹那间筷子就变成了嫦娥，从月亮上飘然而下，翩翩起舞。王生看得目瞪口呆，暂时打消了回家的念头。

又过了三个月，王生实在受不了这份苦，决定回家去。临行前，他找到道士说："请师父传授点小法术吧，也不枉我在这砍了几个月的柴。"道士拗不过他，就传授了他一句穿墙的咒语，然后让他闭上眼睛，一边念着咒语，一边往墙上撞去，果然一下子就到了墙外。但道士又嘱咐他，施法术时，万万不能心存邪念，否则法术就不灵了。

王生回到村里后，心想："不知这法术还灵不灵？"于是，他就念着咒语，穿墙进入了邻居家。邻居家桌上正放着一大锭银子，王生一看便生了邪念，把银子偷偷地揣在怀里。当他再想用法术穿墙出来时，却一头撞在了墙上，当场被人抓住了。

王生忘了师父的话："心术不正，法术不灵啊。"

《聊斋志异》

酒神狄俄尼索斯的传说

当年，宙斯爱上了美丽的忒拜公主塞墨勒，夜夜与她幽会，谈情说爱。不久，塞墨勒就怀上了宙斯的孩子。宙斯的妻子、天后赫拉是一位嫉妒心非常重的女神，她对宙斯和塞墨勒的事情看在眼里，恨在心头。

终于有一天，天后赫拉忍不住了，便变成一个老太婆，来到怀孕的塞墨勒公主面前。她说："你应该让宙斯显现神的全部雄伟、威严的姿态给你看，只有这样才能证明他是真心诚意地爱你。"塞墨勒一听便心动了，开始三番五次地请求宙斯。宙斯知道这样做对塞墨勒公主很危险，但拗（niù）不过倔强（juèjiàng）的公主，于是显现出原形——雷神的样子。果然，在电闪雷鸣中，塞墨勒公主被雷火击中烧死了。

宙斯怀着悲痛，把胎儿从母腹中取出，缝进自己的大腿肉里。胎儿在大腿肉里发育长大，不久便第二次出生。"狄俄尼索斯"在古希腊语中就是"出生两次的人"的意思。

狄俄尼索斯被宙斯交给神女抚养，但天后赫拉仍然不肯放过他。他只好在大地上疯疯癫癫地到处流浪，流浪的过程中教会农民们酿酒的技术，因此成为酒神。

《神话全书》

欧洲名称的来历

腓尼基国王的女儿欧罗巴长得非常漂亮。天神宙斯很想得到姑娘的芳心。有一天，欧罗巴和她的同伴们来到海边玩耍。天神宙斯变身成为一头健壮的公牛，混在草地附近的牛群里。一会儿，公牛引起了欧罗巴的注意。它表现出很通人性的样子，偎依在欧罗巴的身旁。姑娘们渐渐放下心来，同公牛一起玩耍。在众人的怂恿（sǒngyǒng）下，美丽的欧罗巴壮着胆子骑在公牛的身上，一边欢快地跟女伴们打着招呼，一边赶着牛慢慢走远。

公牛达到了目的，便加快了速度，跑到海边纵身一跳，在海中踏浪飞奔起来。欧罗巴这时才惊慌起来，但已经无法逃脱。过了很久，公牛爬上了陆地，来到一棵大树旁，变成了一个俊朗健壮的青年，对欧罗巴说："我是克里特岛的主人，亲爱的姑娘，如果你愿意嫁给我，我将保护你一辈子！"惊慌中的欧罗巴没有办法，于是答应了他的请求。

欧罗巴给宙斯生了三个儿子。她被带去的那一大片土地，就一直以她的名字命名，叫作欧罗巴洲。

《神话全书》

阿波罗的诞生

很久很久以前，众神之父宙斯爱上了美丽温柔的女神勒托，并让勒托怀了孩子。宙斯的妻子天后赫拉嫉妒心非常强，她将勒托赶下了众神所居住的奥林匹斯山，并下令说：大地上的任何角落都不能收留她！

没办法，女神勒托只能拖着怀孕（yùn）的身子在大地上到处流浪，还经常受到天后赫拉各种形式的刁难。她想：既然大地上没有我的容身之所，为什么不去海上试一下呢？于是，她向海神波塞冬求救。

海神波塞冬被她的可怜遭遇所打动，便派一只海豚驮着她离开了大地，并送到了海神所有的得洛斯岛。所以天后赫拉也拿她没有办法。

不久之后，她在岛上的棕榈（lǘ）树下生下了双胞胎——阿波罗和他的姊妹阿耳忒弥斯。后来宙斯给儿子阿波罗一对天鹅、一辆飞车、一把竖琴、一张银弓，让他主宰光明、青春、医药、畜牧、音乐、诗歌，成了太阳神。

《荷马神颂》

月桂情深

太阳神阿波罗嘲笑小爱神厄洛斯："小屁孩儿，我拿弓箭可以降妖除魔，你拿弓箭有什么用呢？"小爱神厄洛斯非常生气地说："让你看看我弓箭的厉害！"

正好，太阳神阿波罗的旁边站着河神珀纽斯的女儿达佛涅（niè）。厄洛斯向阿波罗射出一支金箭，阿波罗立即对达佛涅一见钟情；厄洛斯又向达佛涅射出一支铅箭，中箭的达佛涅一下子觉得阿波罗非常讨厌，立即像躲避瘟疫（yì）似的逃开了。

阿波罗一次又一次地疯狂地追逐着美丽的达佛涅，达佛涅则愈来愈惊慌失措，一路奔逃，直到父亲的河边。眼看着阿波罗就要追上来，达佛涅赶紧恳求父亲说："父亲啊，救救我吧，我不愿意成为他的妻子，我请求父亲改变我的形貌，躲开他的骚扰。"

河神很是伤心，但还是应允了女儿的要求。达佛涅立即变成了一棵月桂树，只剩下她动人的风姿。即便如此，太阳神阿波罗仍然深爱着她。

后来，阿波罗总是戴着用月桂树枝叶编成的冠，以纪念达佛涅。

《变形记》

盗火的普罗米修斯

很久很久以前，普罗米修斯一直坚持教给人们各种各样的知识，如教他们驾驭（yù）牲口来分担劳动；发明了船和帆，让人们在海上能够航行；教给人类各种医药知识防治疾病……

一段时间以后，普罗米修斯发现，对于人类来说没有火是不行的。他向宙斯请求赐给人们火种，宙斯不肯答应。很快，普罗米修斯想到一个办法：他找到一根又粗又长的茴香秆，当太阳车走近的时候，他冒着生命危险将茴香秆伸到太阳车的火焰里点着火，然后带回了人间。于是，人间就开始广泛使用起火来。宙斯非常生气，先是用一个精致的盒子将各种灾害和不幸带到人间，让人们受苦，然后便惩罚了普罗米修斯。

宙斯将普罗米修斯钉在高加索山的悬崖上，用投枪将他的胸膛刺穿。每天还派一只雄鹰啄食他的肝脏，夜间他的伤口愈合，肝脏恢复原状，天明的时候，雄鹰又来啄食。普罗米修斯每天都承受着这种痛苦，也无法睡觉或是休息，他的悲呼响彻大地。但是，他宁死不屈，不肯向宙斯认错。

就这样过了三万年，希腊的英雄赫拉克勒斯来到了这里，解放了普罗米修斯。但是，为了彻底执行宙斯的判决，普罗米修斯必须永远戴一只铁环，环上镶嵌（qiàn）着一块高加索山的石头。这样，宙斯就可以说，普罗米修斯仍然被锁在高加索山的悬崖上。

《神话全书》

潘多拉的盒子

普罗米修斯从宙斯那里将天火盗了出来。这一举动，让宙斯特别生气。为了惩罚人类，宙斯决定让灾难一同降临人间。

宙斯命众神制造一个女人，赋予她美貌、智慧、香味……于是，人世间第一个女人就诞生了。宙斯亲自给她取名“潘多拉”，意思是“众神的礼物”，还送给她一只精致美丽的小匣子，说：“这是送给你丈夫的礼物，一定不要打开。”

潘多拉来到了普罗米修斯的弟弟厄庇墨透斯家中，并嫁给了他。之前，普罗米修斯曾多次叮嘱（zhǔ）厄庇墨透斯说：“你一定不能接受任何上天送来的礼物！”但是，一向没有头脑的厄庇墨透斯一见到潘多拉就被迷住了，将兄长的嘱咐忘记得一干二净。

婚后的生活过得不错，但潘多拉念念不忘那只精致的小匣子。一天，潘多拉独自在家的时候，想道：“这里面究竟装的是什么啊？”她轻轻地打开锁，将盒子盖掀开，立刻，里面所有的灾难：饥饿、贫穷、贪婪（lán）、嫉妒、仇恨、疾病……散布在整个大地上。潘多拉吓呆了，赶紧抓住盒子并盖上，可是晚了，很多对人类有害的东西都跑出去了，唯独“希望”还被关在盒子里。

从此，人世间充满了各种灾害和不幸，但是“希望”永远留在人们的心底，给予人们极大的勇气和力量去面对。

《神话全书》

非要驾太阳车的法厄同

法厄同是太阳神赫里阿斯和海洋女神之一克吕墨涅的私生子。有一天，母亲克吕墨涅告诉了他身世真相。于是，他就高兴地去找太阳神赫里阿斯，说：大地上有很多人嘲笑我，说我是没有父亲的野种。所以，我请父亲给我一些凭证，向全世界证明我确实是您的儿子。”

赫里阿斯笑呵呵地说：“儿子，你可以向我要一份礼物，我一定满足你的愿望。”法厄同赶紧说：“我的愿望是能有一天的时间，独自驾驶您的太阳车。”赫里阿斯后悔莫及，连连摇头说：“不，你是凡人，根本就没有能力驾驭太阳车！你可以重提一个要求，我绝对满足你！”

法厄同不肯改变愿望，父亲只好同意他的请求。年轻的法厄同迫不及待地跳上太阳车，赶着马匹向天空奔跑。很快，法厄同就控制不住了，太阳车离开预定的轨道，在天空和地面之间肆意奔驰。所有的庄稼都被烧毁，所有的耕地都变成了沙漠，所有的河流都瞬间干涸……

众神之父宙斯看见天地间一片惨状，只好用一道闪电劈向法厄同。可怜的法厄同像一团燃烧的火球掉进了海里。太阳车的车轭（è）也变成了地球上的南极圈和北极圈。

《变形记》

悬在头顶的达摩克利斯剑

从前有个国王叫迪奥尼修斯，他统治着一大片丰饶富庶的土地。国王有个心腹叫达摩克利斯，他十分羡慕这样的生活，常常对国王说：“您多么的幸运啊!您拥有人们想要的一切。”有一天，国王听着觉得腻（nì）烦了，便对达摩克利斯说：“你真的认为我比别人幸福吗？不如我们俩换一天生活吧。”

于是，达摩克利斯穿上了王袍，戴上了金冠。桌子上满是美酒佳肴（yáo），旁边满是服务的仆人，乐队奏着动人的曲目，姑娘们跳着欢快的舞蹈。他一下子陶醉在其中，觉得自己是世界上最幸福的人。忽然，他发现头顶上正倒悬着一把锋利的宝剑，而上头系着宝剑的仅仅是一根马鬃！

达摩克利斯的笑容一下子消失了，浑身冷汗直冒。国王迪奥尼修斯看见他的样子，说：“怎么了？你害怕那把随时可能掉下来的宝剑吗？我天天看见呢，说不定什么时候就会掉下来。这还是看得见的宝剑，看不见的还有很多，比如哪个大臣垂涎（xián）我的权力想暗杀我，哪个邻国派军队攻打我，都可能让我死去。你在享受的同时，必须要冒各种各样的风险！”

达摩克利斯点头称是，从此，他更加珍惜自己普通平凡的生活。

古希腊神话

大力士赫拉克勒斯

古希腊神话中，赫拉克勒斯以大力士的名号著称。

赫拉克勒斯是天神宙斯与凡人阿尔克墨涅的儿子。阿尔克墨涅觉得宫中不怎么安全，便将刚出生的赫拉克勒斯装在篮子里放到了田野上。巧合的是，天后赫拉从田野中经过，情不自禁地用自己的乳汁喂了他，年幼的赫拉克勒斯因而变得力大无比。出生几个月的时候，赫拉知道他是情敌的孩子，便派遣两条毒蛇去摇篮里咬死他。不料，力大无穷的赫拉克勒斯一下子就制服了毒蛇。赫拉没办法，只好作罢。

长大成人的赫拉克勒斯英俊挺拔，心地善良，正直勇敢，为人们做了不少好事。当时的希腊大地上丛林密布，其中有很多狮子、野猪之类的猛兽，时常出来伤人。赫拉克勒斯曾经打死了最厉害的狮子，剥下狮皮披在肩上，割下狮头做头盔。在外游历的过程中，他克服了难以想象的困难，解救了普罗米修斯——那个为人类盗取火种而被吊在悬崖上受苦的人。

《赫拉克勒斯》

赫拉克勒斯智取金苹果

在众神之父宙斯和天后赫拉结婚的时候，大地女神盖亚给他们送去一棵果实累累的金苹果树。宙斯和赫拉派遣赫斯珀里得斯姊（zǐ）妹三个和巨龙拉冬一起看守照料。巨龙有一百个头，从不睡觉。

大力士赫拉克勒斯为了得到金苹果，便来到阿特拉斯用双肩顶着苍天的地方，对他说："我来帮你把天顶起来，你帮我去拿回几个金苹果来。"阿特拉斯同意了。他来到果园，先从天上摘下几颗五彩缤纷（bīn fēn）的星星，然后扔向空中使之互相撞击，从而奏出美妙的乐曲。巨龙的一百个脑袋一会儿听音乐，一会儿被星星吸引，渐渐觉得困了，便依次合上眼睛睡着了。阿特拉斯趁机用刀杀死了它，又想办法骗过了赫斯珀里得斯姊妹三个，顺利地摘回来三个金苹果。

阿特拉斯将三个金苹果扔在赫拉克勒斯的脚下，说："金苹果我已经摘来了，但是我尝够了扛住苍天的滋味，你就这样替我扛着吧！"赫拉克勒斯笑呵呵地说："没问题啊。但是我想找一块软垫子搁在头上，这苍天太重，脑袋都压疼了。"

阿特拉斯想了一想，觉得这个要求并不过分，同意最后再代替赫拉克勒斯扛一会儿。不料，当苍天再次压到阿特拉斯肩上的时候，赫拉克勒斯捡起脚边的金苹果，头也不回地走了。

《赫拉克勒斯》

金羊毛的来历

弗里克索斯是玻俄提亚王国的王子，本应该享受安闲富贵的生活，但国王和他的宠妾总是虐待他，令他不得安生。弗里克索斯的生母是云神涅斐勒，她一直关注着儿子生活状况，感到忧心忡（chōng）忡。

有一天，涅斐勒终于忍受不了，于是在弗里克索斯的姐姐赫勒的帮助下，偷偷地将弗里克索斯带出宫来，又让姐弟俩骑在长着两只翅膀的金羊身上，逃离了是非之地。这只羊可不得了，它是众神的使者、亡灵接引神赫尔墨斯送给涅斐勒的礼物，十分珍贵。于是，姐弟俩骑着这头羊飞上了天空，飞过了陆地和海洋。在天上，姐姐忍不住朝下看了一眼，瞬间感到眩（xuàn）晕，便从羊背上掉了下去，淹死在海里。而弟弟则平安到达了黑海沿岸的科尔喀斯国。

科尔喀斯国王埃厄忒斯热情地接待了弗里克索斯，并将自己的漂亮女儿卡尔契俄白许配给了他。弗里克索斯九死一生地逃离本国后，便将那只羊宰了向宙斯献祭；并将金羊毛作为礼物送给了国王。国王非常高兴，便将金羊毛钉在一株很大的橡树上，并派一条永不睡眠的火龙看守着，谁也别想盗走。

从此，金羊毛被看作稀世珍宝，很多人都想得到它。

《变形记》

阿里阿德涅的线团

从前，克里特岛国王米诺斯因为儿子被希腊人阴谋杀害，便派遣军队征服了希腊人。神祇（qí）们也给希腊人降下了旱灾和瘟疫（wēnyì）。希腊人的生活十分困难，便向米诺斯求和。米诺斯说：“你们每九年要送上七对童男童女到克里特。”每次接到童男童女，米诺斯就把他们关进迷宫里，让牛头人身的怪物米诺陶洛斯杀死他们。

到了第三次进贡的时候，希腊的大英雄忒修斯毅然挺身而出，决定杀死怪物。他带着童男童女来到了克里特岛。

忒修斯在克里特岛面见国王的时候，他深深地打动了国王的女儿，美丽聪明的阿里阿德涅公主。就在忒修斯要进入迷宫的时候，阿里阿德涅偷偷地塞给他一柄利剑和一个线团，并嘱（zhǔ）咐说：“你的武艺高强，一定能杀死怪物，但迷宫里路线曲折复杂，你很难走出来。有了这个线团，你就不用担心了！”于是，忒修斯将线的一端系在迷宫的门上，拉着另一端线头进入迷宫，杀死怪物后，又顺着线的方向成功地走出了迷宫。

《忒修斯》

深情的俄耳甫斯

在古希腊神话中，有一位非常优秀的歌手，名叫俄耳甫斯。每当他用琴弹出悦耳的曲子，不管多么凶猛的野兽，也会安安静静俯下身子细细倾（qīng）听。

俄耳甫斯的妻子欧律狄克有一次在原野上奔跑时被蛇咬到了，当同伴们赶来时，欧律狄克已经没有了心跳。俄耳甫斯悲痛欲绝，一心想救活妻子，于是想方设法来到冥府。

在黑暗恐怖的冥府里，俄耳甫斯弹起悲凉的乐曲，深深打动了冥府里的各位神仙，包括号称铁石心肠的冥王哈迪斯。冥王哈迪斯准许他把妻子领回人间，但有一个条件，就是在走出地府之前不得回头看妻子的幽灵，也不能同她说话。走了很久，临近地面时，俄耳甫斯情不自禁地回头看看妻子是否跟在后面，结果在他回头的一瞬间，妻子的幽灵便立马从他身后飞走，消失在黑暗的深渊里。

俄耳甫斯没有从地府里领回妻子，心中悲痛万分，再也不肯拨动琴弦。他在各个地方流浪，有一次，忽然遇到了一群疯狂的酒女。她们纠缠着要俄耳甫斯弹琴，他不答应，她们竟从地上捡起石头、棍棒砸过去，把他活活打死了。

酒神为俄耳甫斯的死感到非常惋惜，就让那群酒女落地生根，化为一片橡树林。而俄耳甫斯的阴魂下到地府，重新与妻子相会了，两个相爱的人从此再不分离。

《变形记》

斯芬克斯的谜语

希腊神话中，有一个带翅膀的狮身人面女妖，名叫斯芬克斯。她每天坐在底比斯城附近的悬崖上，向过路人出一道谜语：“什么动物早晨用四条腿走路，中午用两条腿走路，晚上用三条腿走路？”凡是路过这里的人，都必须要猜这道谜语，猜得对的人才可以畅通无阻走过去，猜错了，斯芬克斯就会毫不犹豫地吃掉他。

一天又一天过去了，没有人能答出来，很多行人因此成为斯芬克斯的口中之物。这在底比斯城附近引起了极大的恐慌，人们宁愿绕很多路，也不愿意从这里通过。外面来的很多号称智慧之士也不能解出它的谜底。

终于有一天，大英雄俄狄浦斯从这里经过，斯芬克斯仍然用这道谜题来考他，只见他略一沉吟，便说：“答案是——人！”紧接着，他细细地解说了原委：人在刚刚出生的时候，不会走路，只能用四肢在地上爬行；长大后，人就是用两条腿走路；而到了晚年，身体衰老得走不动了，人不得不借助拐杖，这就是“三条腿走路”了。斯芬克斯的谜面，其实是用早晨、中午、晚上比喻人一生所经历的初生、成年和晚年三个阶段。

听了俄狄浦斯详尽的解释，斯芬克斯羞愧难当，便一头栽下悬崖自杀了。

《俄狄浦斯王》

婚宴上的金苹果

希腊有名的英雄珀琉斯结婚的时候，邀请了所有天上的神仙参加婚礼，唯独没有邀请争吵女神厄里斯。因为厄里斯出现在哪里，哪里就不会太平。争吵女神厄里斯当然非常生气，于是在婚礼当天暗暗地将一只金苹果扔在欢快的宴席上，上面写道：“送给最美丽的女神。”

参加婚礼的天后赫拉、智慧女神雅典娜和爱神阿芙罗狄忒都想占有金苹果和“最美丽女神”的称号。于是，三人争执起来，互不相让。旁边的神和人觉得她们各有优点，因此也没说出个所以然来。为了表示公平，三位女神共同选定特洛伊王子帕里斯来判决。

帕里斯面对三位女神犹豫不决。天后赫拉说：“选我吧，我会赐给你无上的荣誉。”智慧女神雅典娜赶紧说：“选我吧，我会赐给你无尽的财富。”爱神阿芙罗狄忒想了想说：“选我吧，我将送给你世界上最美丽的女人。”年轻的特洛伊王子感到非常为难，在犹豫了很久之后，他终于将金苹果给了爱神阿芙罗狄忒。

果然，在爱神的帮助下，帕里斯拐走了全希腊最漂亮的女人海伦，也由此引发了长达十年的特洛伊战争。

《伊利亚特》

古希腊第一美女海伦

古希腊神话中，海伦是毫无争议的第一美女。

海伦是众神之父宙斯与斯巴达王后勒达的私生女。当初，宙斯迷恋勒达的美貌，化身为一只天鹅与正在河中沐浴的勒达亲近。后来，勒达怀孕，生下了两只天鹅蛋。海伦便是从其中一只天鹅蛋中走出来的。

海伦的美貌令世人瞩目，成年后，求婚者络绎（yì）不绝。于是，她的养父、斯巴达国王廷达瑞俄斯提出了一个苛刻的条件：所有的求婚者必须当众立誓，他们将来必须和有幸选中的新郎建立同盟，共同反对任何因为对这场婚姻不满而企图加害国王的人。经过抽签，迈锡尼王子莫奈劳斯成为新郎，入赘（zhuì）斯巴达王国。

多年后，海伦依然魅力不减。特洛伊王子帕里斯到访斯巴达，对海伦一见倾心，便想方设法将海伦拐骗去了特洛伊，由此引发了一场持续十年之久的战争。

传说，战争进行时，海伦为自己引起战争感到非常内疚，于是走上特洛伊城看望两军战士。数万战士全看傻了，不得不休战一天。十年之后，希腊联军攻破特洛伊，莫奈劳斯把海伦带回了希腊。

《伊利亚特》

阿喀琉斯的脚跟

阿喀琉斯是色萨利国王佩琉斯与海洋女神忒提斯的儿子，他历来以其勇气、俊美和体力著称，是众多英雄之中最耀眼的一位。

传说，在阿喀琉斯出生的时候，海洋女神忒提斯为了让他不受任何伤害，长生不老，便握住他的脚跟，将他身体倒提着浸入阴间冥河水中。但遗憾的是，因为冥河水流湍（tuān）急，忒提斯握着他的脚后跟不敢松手，所以，阿喀琉斯的脚后跟就露在了外面。这样，除没有被水浸过的脚跟外，他的身体不会被任何武器伤害。

长大后的阿喀琉斯作战勇猛无比，令敌人闻风丧胆。在希腊人与特洛伊人的战争中，阿喀琉斯出阵，单挑特洛伊王子赫克托尔，很快就取得了胜利，不料却惹怒了赫克托尔的保护神——太阳神阿波罗。就在阿喀琉斯率领部队继续冲锋的时候，阿波罗在云端拉弓搭箭，朝着他的脚跟射去。阿喀琉斯感到一阵钻心的疼痛，便栽倒在地，仿佛一座巨塔轰然倒塌。他拔掉脚后跟的箭想继续战斗，却已经无力追击敌人，一会儿便死去了。

希腊人为失去他们最勇敢的英雄而失声痛哭，并以最隆重的仪式安葬了阿喀琉斯。

后来，人们用“阿喀琉斯的脚跟”比喻致命的弱点或薄弱环节。

《伊利亚特》

特洛伊木马

话说特洛伊王子帕里斯拐走了希腊美女海伦，引起海伦丈夫莫奈劳斯的极大愤慨。于是有了希腊联军与特洛伊之间旷日持久的战争。特洛伊城粮草充足，坚不可摧，希腊联军围攻了九年还不能拿下。第十年，在希腊联军几乎无计可施准备撤（chè）军的时候，英雄奥德修斯想出了“木马计”。

希腊人用木头做了一匹很大很大的马，放在特洛伊城外。全体希腊将士则烧毁营帐，登上战船离开了。城头负责瞭（liào）望警戒的特洛伊士兵看见城外巨大的木马，本来觉得有些奇怪，但看见希腊联军的战船确实消失在茫茫的大海中，也就放下心来。他们不顾祭司拉奥孔的警告，将木马作为战利品拖进特洛伊城。紧接着，特洛伊人便开始举行盛大的庆祝晚会，宣告战争的结束，迎接胜利的到来。全城都沉浸在一片欢乐的气氛中，警卫也就在不经意间松懈（xiè）了下来。

夜渐渐深了，特洛伊人也在狂欢之后逐渐睡去。藏在木马肚子里的希腊士兵则悄悄爬出来，打开城门，举火为号。原来佯装撤退、实则隐蔽在附近海湾的希腊军队见到信号，立即杀回特洛伊城。可怜的特洛伊人尚在睡梦之中便成了刀下之鬼。

木马计的成功，导致特洛伊城被攻破，完全沦为废墟（xū），也标志着长达十年的特洛伊战争的结束。

《伊利亚特》

悲惨的卡珊德拉

卡珊德拉是特洛伊国王普里阿摩斯的女儿，但她从小受后妈虐（nüè）待，最后被赶出皇宫，沦为神庙中的女巫。

太阳神阿波罗爱上了卡珊德拉，赋予她预知未来的特殊本领。但是，当阿波罗向卡珊德拉求爱时，卡珊德拉拒绝了他。阿波罗气急败坏，狠心地诅（zǔ）咒说："你说出口的预言将百发百中，但是谁也不会信以为真。"卡珊德拉没放在心上，以为事情就过去了。

不料从此以后，她给出的预言都是倒霉的事情。所以，人们不仅不愿意相信她，还非常憎恨她。在特洛伊战争的最后，希腊人将一只巨大的木马遗留在特洛伊城外。卡珊德拉说："不要将木马带进城内，它将会毁灭特洛伊城。"特洛伊人不理会她的预言，仍将木马拖进城里，躲藏在木马腹内的希腊人打开城门，由此攻破了特洛伊城。卡珊德拉躲进了雅典娜神庙请求庇护，但还是被破城的希腊将领小埃阿斯玷（diàn）污并掠走。

雅典娜用瘟疫杀死了小埃阿斯，不料此时卡珊德拉又被希腊统帅阿伽门农作为女奴带回迈锡尼王国。后来，卡珊德拉依靠自己的预言能力知道，阿伽门农将被妻子和堂弟刺杀，但是，她因为仇恨阿伽门农而没有将预言说出来。阿伽门农遭到他妻子谋杀后，卡珊德拉揭穿了事实真相，也随之被害。

《伊利亚特》

忠于爱情的珀涅罗珀

珀涅罗珀是伊大卡岛国王奥德修斯的妻子。奥德修斯曾随希腊联军远征特洛伊。十年战争结束，别人家的丈夫、孩子或好或歹都有了结果，唯独珀涅罗珀的丈夫没有回来。珀涅罗珀也问过很多人，但是没有确切的结果，但她始终相信自己的丈夫还活着。

很多年过去了，当地许多贵族看到奥德修斯没有回来，便纷纷向珀涅罗珀求婚。珀涅罗珀一再推辞，求婚者却紧逼不舍，于是珀涅罗珀对求婚者说："你们不要着急，我只要帮我的公公织好一件寿衣，就打算改嫁了，那时再欢迎你们来求婚。"求婚者估摸着织件寿衣用不了几个月，便纷纷散去，时时派人打探消息。谁知几年过去了，寿衣还是没织好。有的求婚者暗中买通珀涅罗珀的侍女，打听到了真相：原来，珀涅罗珀为了拖延时间，白天织多少，晚上就拆掉多少，所以寿衣才一直织不好。那些求婚者便采用各种手段逼着她织完寿衣，然后选夫。

珀涅罗珀没有办法，便公开宣布："谁能用奥德修斯的弓箭在比赛中取胜，我就嫁给谁。"事实上，珀涅罗珀知道，这张勇士之弓是除了丈夫之外任何人都拉不动的。就在决定比赛的那一天，在外漂泊、历尽艰辛长达二十年之久的奥德修斯回来了，将那些胡作非为的求婚者全都杀死，从此夫妻团圆。

《奥德赛》

阿拉丁神灯

从前有个叫阿拉丁的少年，父亲去世了，一直与母亲相依为命，生活过得很艰难。忽然有一天，他碰见一个非洲法师，说要带他去学手艺。阿拉丁便愉快地跟着法师走了。

走着走着，他们来到了一个神秘的花园。法师念了几句咒语，只听见“轰隆隆”的一阵巨响，地上出现了一扇石门。法师打开石门，只见里面是一条狭窄黑暗的隧道，他转过头对阿拉丁说：“阿拉丁，下面有一盏油灯，你去拿上来！”阿拉丁站在那里，心里一阵阵发毛，不敢下去。法师拿给他一个戒指说：“这个戒指能辟邪！放心下去吧！”阿拉丁走了好长时间，才到达隧道尽头的地窖（jiào）。他发现了油灯和很多珠宝，不料法师以为他死了，便砰（pēng）地关上石门走了。

阿拉丁正在着急的时候，无意间用手擦亮了神灯，眼前突然出现一个巨神对着他说：“我是灯神，谁拥有我，我就听谁的吩咐。”阿拉丁吓了一跳，随即冷静下来说：“我想回家去。”刚说完，奇迹就发生了——阿拉丁竟然回到了自己家里！

在以后的日子里，他家里需要什么，就擦亮油灯，灯神就会满足他们的要求。阿拉丁后来甚至娶上了公主。非洲法师得知了消息，骗走了神灯，并利用神灯的法力将公主和城堡都变走了。阿拉丁经过艰难的寻找，终于在非洲沙漠中找到了他的公主和城堡，又设法夺回神灯，从此与公主一块儿过着快乐幸福的日子。

《天方夜谭》

海老人的传说

在古代阿拉伯神话中，有一个叫“海老人”的妖魔，非常厉害。

有一次，航海家辛巴达漂流到一个小岛上。这个小岛鸟语花香，生机勃勃。辛巴达好奇地在岛上转来转去，便看到一条小溪，小溪旁边的草地上则坐着一个老人。他上前询问道：“老人家，您有需要帮助的吗？”老人也不说话，用手指一下自己，又指一指小溪的对岸。辛巴达明白了：“您要过河去是吗？”老人还是不说话，只是点了点头。

辛巴达主动提出要背他过溪。老人很高兴。辛巴达弯下腰让老人骑在脖颈上，很快趟过了小溪。但是，老人就是不肯下来。这下子麻烦可大了。辛巴达叫老人下来，老人就用又粗又黑的腿将他的脖子夹得紧紧的。不论白天黑夜，老人就用双腿这样夹住辛巴达的脖子不肯松开，连睡觉也是如此。辛巴达苦不堪言。

这样过了好些日子，辛巴达在地上捡到了一个大葫芦。他又找来野葡萄，榨成汁放进葫芦里面，然后放在太阳底下晒，直到葡萄汁变成纯酒。老人闻到酒香，一把抢过去，一下子就喝光了，紧接着醉倒在地。辛巴达才得到解脱。

回来后，辛巴达问了很多人，才知这是妖魔变成的海老人。

《天方夜谭》

飞毯、窥管和苹果

在古印度，有一位叫做密尔萨的老国王。他有三个英俊的儿子和一个漂亮的侄女。他们从小一块儿生活，感情很深。

待到他们成年以后，老国王密尔萨对三个王子说："我知道你们都很喜欢小表妹，但是，你们当中最优秀的那个，才有资格娶她。我要考考你们。"三个王子欣然点头。老国王说："我给你们一年时间到世界各地去旅行，回来的时候，谁能够拿出最珍奇的东西，谁就能娶到他心爱的人。"三个王子都没有意见，并在心里暗暗下定了决心，之后便分头出发了。

大王子在毕斯纳格国买到了一条飞毯，坐上飞毯的人想去哪里，飞毯就立刻带他去哪里。二王子在波斯国家买到了一根象牙做的窥（kuī）管，想看什么，通过窥管就能看到什么。小王子在撒马尔干国买了只神奇的苹果，任何有病的人只要嗅一嗅这个苹果就能立刻痊（quán）愈。

三个王子在回家的路上相遇了。二王子想念表妹，便拿起窥管一瞧，原来表妹生病了，生命垂危，最好的医生在身边也束手无策。大王子赶紧拿出飞毯将三人载回了王宫，小王子飞快地冲进表妹的卧室拿出苹果来，小表妹嗅一嗅苹果，马上就痊愈了。

老国王非常高兴，但他无法判断谁带回的东西更珍奇，因为在救表妹的过程中，这三件宝贝缺一不可。于是，只得另想办法来考儿子。

《天方夜谭》

五百强盗成佛

从前，在古印度南部有个乔萨罗国出了五百个强盗。他们占山为王，拦路抢劫，杀人放火，无恶不作，凡是从此经过的商人和老百姓都深受其害。地方官员多次派兵捉拿，都没能捕获。

五百强盗的事情终于闹得太大，惊动了乔萨罗国王。国王大怒，说："我的领土上怎么能容忍强盗为非作歹呢？"于是派遣了精兵强将前往征剿（jiǎo）。经过一番激烈的战斗，终于打败五百强盗，将他们全部俘虏。因为国内的人们都非常痛恨这些强盗，国王决定不杀死他们，而是施以酷刑，然后再把他们放逐到荒无人烟的深山老林中。

深山老林里阴森恐怖，时不时还传来野兽的咆哮声。五百强盗心生绝望，发出撕心裂肺的嚎叫声。这凄惨悲切的声音传入佛祖释迦牟尼的耳中，引起了佛祖的怜悯之心。他用神力吹来气味浓郁的神药，吹进五百强盗的眼眶，他们被弄瞎的双眼就复明了。

五百强盗抬起头，只见佛祖端庄地坐在云间，便赶紧跪拜。佛祖教导他们说："你们做了太多罪恶的事情，现在已经受到了惩罚。以后你们要潜心向佛，多多行善，才能洗清罪孽（niè），修成正果。"五百强盗俯首悔罪，从此皈（guī）依佛门。很多年后，他们终于修成正果，成为五百罗汉。

《大般涅槃经·梵行品》

星姑娘

从前，在北美洲的大草原上，有一个年轻的猎人，名叫阿尔贡。他骑得好马，射得好箭，无忧无虑地生活在蓝天下，绿草间。

有一天，阿尔贡正在草原上散步，忽然飘来一只柳条编的大篮子，篮子里还坐着十二个美丽的姑娘。阿尔贡一下子就被其中最年轻最娇美的姑娘吸引住了，并把她带回家做妻子。这个姑娘告诉阿尔贡，她们来自遥远的星的国度，每十二年来到地球度过一个夏天。阿尔贡从此叫她星姑娘，俩人很快有了一个很漂亮的儿子。

十二年后，星姑娘因为想念亲人，便趁着阿尔贡狩（shòu）猎的时候，带着孩子和姐姐们一同回去了。阿尔贡非常伤心，每天等候她的归来。可是，星姑娘和大篮子始终没有再出现。

又过了很多年，星姑娘带着长大成人的儿子回到了大草原。原来，星国国王要阿尔贡带着人间各种禽类的羽毛去见他。阿尔贡便跟着星姑娘去了星国。星国国王很高兴，就把这些稀奇的羽毛分给了他的臣民。臣民得到什么羽毛就变成什么禽类。阿尔贡和他的妻儿拿了几根白鹰的羽毛，就变成白鹰，重回人间，翱翔在大草原的上空。

美洲神话

拜艾梅造人

很久以前，在遥远的澳大利亚大陆上，大神拜艾梅和太阳女神彝（yí）神是主神。

在最初的时候，宇宙是一片混沌未开的状态。忽然，彝神动了一下，大神拜艾梅就开口说话了。这一开口，世界就被唤醒了。彝神也没有了睡意，便从天上飘下来，在世界上到处旅行。她停留在哪里，哪里就长出花花草草，活跃着虫鱼鸟兽。一会儿工夫，世界上便呈现出生机勃勃的状态。

当太阳女神彝神创造了地上万物之后，大神拜艾梅决定创造一个形体来统治世上万物。他把自己的整个心灵放入一种有生命的高贵形体中，创造出一种有大脑、有双手、能直立行走的人。那是一个男人。

男人单独在地上走来走去，感到很孤单。他心中涌起一种模糊的欲望，想找个伴侣（lǚ）来和他共同管理世界。可他找过袋鼠、蛇、蜥蜴（xīyì）、鸟等都感到不行，他很苦恼。有一天晚上，他来到一棵罗汉松下睡觉，到醒来时，他发现彝神已把阳光铺满了大地。这时他发现罗汉松高大的花梗（gěng）上一片明亮。不一会，树变成了一个和他一样的人形，但这个人四肢光滑油润，胸部高耸，秀美动人，她被称为女人。男人向女人伸出了手，两人欢快地拥抱在一起，动物们都高兴地跳舞，从此大地上有了人类。

澳洲神话

桃太郎

话说很久以前，在一个偏僻的小山村里住着一对老夫妇，他们始终没有孩子。有一天，老婆婆到河边去洗衣服，忽然见到水面上飘来一只很大的桃子，于是费了好大的劲搬回家去。桃子忽然裂开，里面蹦出一个可爱的小男孩。老夫妇高兴极了，便给他取名“桃太郎”。

桃太郎十五岁的时候，已经很强壮了。有一天，不远的小岛上来了一群妖怪，老是欺负岛上的老百姓，抢走人们的东西。桃太郎知道后非常生气，对老夫妇说：“这些妖怪真是可恶，我要去除掉它们。”老夫妇于是做了好些糯（nuò）米丸子，好让桃太郎更有力气打妖怪。

桃太郎立即上路，走了一会儿，一只小白狗跑过来说：“桃太郎，我饿极了，给我一只糯米丸子吧。”桃太郎便给了它一只糯米丸子。小白狗高兴地说：“我吃了你的糯米丸子，我要跟你去打妖怪。”就这样，桃太郎又收留了一只小猴子和一只野鸡。

他们很快到达了妖怪住的岛上，却发现城堡的铁门紧锁。这时，小猴子三两下翻过墙去，将城门打开了。桃太郎勇敢地冲进去，和大群妖怪打了起来。在小白狗、小猴子和野鸡的帮助下，桃太郎三两下就把妖怪制服了，又将它们抢夺的财物还给老百姓。

日本民间故事

亚当和夏娃

上帝创造了世间万物之后，又用泥土创造出有生命的人，并给他取名叫亚当，后来又用亚当的肋骨创造了一个女人，取名叫夏娃。

上帝在东方的伊甸为亚当和夏娃造了一个乐园。那里长满了各种树木，开满了奇异花卉，树上结满了各种果子。园子里到处奔跑着珍禽异兽，上帝吩咐亚当和夏娃修葺（qì）并看守这个园子，还说："园子中树上的果子你们可以随便吃，但是善恶树上的果子一定不能吃。"

亚当和夏娃就这样在伊甸园中幸福地生活着。有一天，所有动物中最邪恶的蛇对夏娃说："你们为什么不吃善恶树上的果子呢？只要你们吃了，就会发现善恶有别，就跟上帝一样了。"

夏娃被那水灵灵的果子诱惑得受不了，就摘下一枚吃了，并让亚当也吃了。他们吃完后彼此对望，忽然意识到自己是赤身裸体的，也明白男女有别，就有了羞耻的观念。他们急忙找一些无花果叶子盖住身体。

后来，上帝发现他们偷吃了禁果，便把亚当和夏娃赶到尘世上。从此以后，亚当必须辛苦劳作，夏娃必须承受分娩（miǎn）的痛苦，才能活下去并繁衍后代。

《旧约·创世记》

诺亚方舟

很久以前，人类的始祖亚当和夏娃因为偷吃禁果，被逐出了伊甸园。他们的子孙逐渐遍布整个大地。但是，人们相互嫉妒、怨恨、争斗、掠夺甚至残杀，人性越来越堕（duò）落，引起了上帝的极大不满。

但是，诺亚一家品行端正，受到上帝的宠爱。上帝对诺亚说：“我要用一场大洪水将这个充满罪恶的世界毁灭。你要为自己造一艘方舟，带着你的家人一起上去。还有各种飞禽走兽等，雌雄都有。吃的东西要足够。”诺亚遵照上帝的话，一一办妥，各种各样的动物也成双成对上船避难了。

洪水终于降临大地。大雨倾盆，接连下了四十个昼夜。漫天的洪水泛滥了一百五十天，原来生活在大地上的人和别的生物全被消灭干净。唯独诺亚方舟上的人和动物存活了下来。

过了很多天，诺亚放出一只乌鸦看水退了没有，但乌鸦没有回来。诺亚又放出一只鸽子，鸽子衔着一枝橄榄（gǎnlǎn）枝回来了，表明水已经退得差不多了。诺亚全家和方舟里的动物纷纷走出船舱之外，欢快地奔到新生的天地里。

《旧约·创世记》

力士参孙

参（shēn）孙是个有名的大力士。参孙的母亲遵照天使的指示，让他终身保留头发不剃，不喝酒，不吃不洁净的食物。于是，参孙就有了超人的力量——他能赤手空拳撕裂一只狮子，比武松还要厉害。

他因为某些原因与非利士人结下了仇恨，但他力气大，非利士人拿他没有办法，只能想一些歪门邪（xié）道。

参孙长大后看上了一名叫大利拉的女子，非利士人就用很多很多钱收买了大利拉。大利拉看到那么多钱，立即就心动了。她就问参孙说："你既然这么爱我，为什么不告诉我你巨大力量的来源？"参孙本不想全部告诉她，但经不起大利拉的诱惑，便说："我的力量全来自头发，如果剃掉头发，我的力量就不存在了。"大利拉转身便将这个秘密告诉了非利士人。

于是，趁着参孙睡觉的时候，非利士人剃光了他的头发，捆住了他的手脚。参孙就这样被俘虏了。非利士人又挖去了他的双眼，对他百般戏弄，并将他关进了牢房。在一次巨大的典礼上，非利士人又拿出参孙来戏弄。参孙向上帝虔诚祈祷，希望上帝赐给他神力报仇。上帝被他的忏（chàn）悔所感动，让他的头发重新长了出来。参孙大吼一声，挣断锁链，用两臂抱住支撑大厅的两根柱子，房屋瞬间倒塌下来，一下子压死了七八千非利士人，参孙也同归于尽。

《旧约·士师记》

红海开路

据《圣经》记载，很久以前，移居到埃及的犹太人聪明勤劳，擅（shàn）长贸易，积累了很多财富。后来，埃及法老对这些犹太人进行疯狂迫害。犹太人的先知摩西受到神的感召，决心带领居住在埃及的犹太人返回他们的故乡迦南。

有一次，正当埃及的追兵逼近时，犹太人被浩瀚（hàn）的红海挡住了去路。于是，摩西祈祷神为他们开路。神就对摩西说：“到了海边，你举起手杖就能够使水分开，大家可以从海中走到彼岸。”摩西走到海边，按神的吩咐举起了手杖，只见海水往两边分开，形成左右的高墙。中间的道路一直通向遥远的彼岸。

逃难的队伍一直沿着海底的道路前进，埃及的追兵也争先恐后地往前冲去。慢慢地，摩西率领的队伍登上了陆地，而埃及人还在海底跋涉（báshè）。神对摩西说：“举起你的手杖，让海水复原。”摩西遵从神的指示举起了手杖，只见堆积在两边的海水“轰”的一声向中间卷去，埃及的军队全被卷入了汹涌的旋涡中。

犹太人对此感到非常惊讶，从此更加坚定了对神的信仰。

《旧约·出埃及记》

最后的晚餐

犹太人的新年逾越节（犹太阳历正月十四）快要到了，耶稣知道自己离世的时候到了。逾越节前一天，耶稣吩咐彼得和约翰："你们去准备逾越节的筵（yán）席吧。进城时，必定会碰见一个手拿水瓶的人，你们就跟着他去预订房间，预备筵席。"

到了晚上，耶稣与门徒们到了预定的客房，耶稣对他们说："你们中间有一个人要出卖我。我愿意在遇害之前，和你们共进这逾越节的筵席。我告诉你们吧，直到进了上帝的国之前，我是不会再吃这样的筵席了。"说完，耶稣拿过杯子倒上葡萄酒，祷（dǎo）告之后让门徒们依次分喝；又拿起饼来，掰（bāi）开后递给他的弟子们，说："吃吧，这饼是我为你们所献的肉体，这酒是我为众人所流的血。以后，你们应当如此施行来纪念我。"

众人骚动起来，纷纷流露出疑惑不解的样子，不断追问出卖者到底是谁。耶稣蘸（zhàn）了一小块饼递给犹大，说："你还有事情要做，你快去吧！"犹大有些惊慌，接过饼赶紧就出去了。原来，犹大早已拿了耶路撒冷的祭司长三十枚银币，将耶稣出卖了。为了防止士兵们抓错人，犹大说："你们跟着我，到时候看我亲吻谁的脸颊（jiá），你们就上前把他抓住。"

耶稣吃完晚餐后，便带着门徒去马克西尼园中祷告。这时，夜幕已经降临，犹大却过来亲吻耶稣的脸，随后，耶路撒冷祭司长的士兵们便抓走了耶稣。

《新约》

耶稣受难与复活

耶稣被犹大出卖后，坦然、宽容，在马克西尼园中默默地束手就擒。第二天早上，耶稣被判处死刑，钉在十字架上。

耶稣戴着荆棘（jí）做的冠，扛着沉重的厚木十字架，一一走过耶路撒冷的街巷，步履蹒跚（pánshān），鲜血滴落在道路上。市民们从四面八方疯狂地涌过来，向他谩骂、吐唾沫、扔石头。耶稣的门徒只能默默地、痛苦地跟在人群后。到了行刑之地，耶稣被长长的铁钉钉透手腕、脚腕，固定在十字架上。忽然，他大喊：“我的神！我的神！为什么离弃我？”说完便断气了。一时间，神殿里的帷（wéi）幔从上到下裂成两半，大地震动，磐（pán）石崩裂。

三天后的早晨，圣母玛利亚等人来到临时安葬耶稣的墓前。不料，坟墓里面只剩下叠得整齐的头巾和裹尸布。这时，两个貌如闪电的天使显现出来说：“耶稣已经复活。”

那一天傍晚，有两个门徒从耶路撒冷城到以马忤斯村去，耶稣与他们同行，而他们却认不出来。直到晚上点灯吃饭时，他们见耶稣站在他们面前，一会儿又不见了。他们立即赶回耶路撒冷，向其他门徒报告这次奇遇。第二天，耶稣来到门徒中间，让门徒多马伸出指头摸摸自己手上的钉痕和肋旁的枪伤。不久，耶稣又在海边显现，叫门徒彼得把渔网撒在船的右侧，结果打了一百五十三条大鱼。耶稣交给门徒一项使命，到普天之下去传播福音。

《新约》